云南省社科规划科普项目研究成果（SKPJ201818）
西南林业大学人文社科校级科研项目成果（WKYB21）
云南省教育厅2021年学科建设引导资金（汉语国际教育）资助

中国神话传说故事

主编 刘 琦 李秀梅
绘图 吴若木

郑州大学出版社

图书在版编目(CIP)数据

中国神话传说故事／刘琦，李秀梅主编． — 郑州：郑州大学出版社，2022.7

ISBN 978-7-5645-8753-6

Ⅰ. ①中… Ⅱ. ①刘…②李… Ⅲ. ①神话－作品集－中国 Ⅳ. ①I277.5

中国版本图书馆 CIP 数据核字(2022)第 096474 号

中国神话传说故事
ZHONGGUO SHENHUA CHUANSHUO GUSHI

策划编辑	郜 毅	封面设计	钟优辉
责任编辑	郜 毅	版式设计	苏永生
责任校对	成振珂	责任监制	凌 青　李瑞卿

出版发行	郑州大学出版社	地　　址	郑州市大学路40号(450052)
出版人	孙保营	网　　址	http://www.zzup.cn
经　销	全国新华书店	发行电话	0371-66966070
印　刷	郑州宁昌印务有限公司		
开　本	710 mm×1 010 mm　1 / 16		
印　张	12.75	字　数	197 千字
版　次	2022 年 7 月第 1 版	印　次	2022 年 7 月第 1 次印刷
书　号	ISBN 978-7-5645-8753-6	定　价	48.00 元

本书如有印装质量问题,请与本社联系调换。

中国神话传说是在中华民族悠久历史中积淀下来的文化瑰宝,具有脍炙人口、启迪思想、传承历史等重要特点。中华儿女,无论男女老幼都非常喜欢中华传统故事,很多神话故事都家喻户晓,广受欢迎。尤其是中小学生,更是喜欢聆听或阅读中华传统故事,国内为中小学生或大众读者编写出版的相关读物种类繁多,难易程度各异,能够很好地满足中小学生及大众读者的阅读需要。随着中国改革开放的进一步推进,国际交流频繁,大量外国留学生来到中国学习汉语,近些年为留学生编写的汉语学习教材和各种学习资料层出不穷,"留学生中国传统故事系列读本"之《中国神话传说故事》便是其中之一,希望本书能够帮助留学生们学好汉语,提高汉语水平,学会欣赏中国风俗文化,最终能够用中文讲好中国故事,成为中外文化交流的使者与桥梁。

《中国神话传说故事》精选了64个脍炙人口的神话传说故事,从盘古开天辟地、女娲炼石补天,到梁山伯与祝英台和白蛇传说等,按照故事发生的先后时间顺序,故事的种类,故事人物的族系、代系等关系排序,这些故事在五千年文明的历史长河里,经过一代代中国人口口相传,经过时间和空间的打磨洗礼,不断地积累沉淀下来,成为厚重的文化经典和文化遗产,从中可以体味出中华民族的民族精神、价值观念、思维方式、审美标准、科学素养和文明风尚。阅读中国传统故事是了解中华民族和中华文化的有效途径,也是留学生学习汉语和中华文化的绝好方法。

本书是顺应留学生学习汉语的巨大需求,在"二语习得"理论指导下编写的,编写者希望通过大量有趣的可理解性学习材料的输入,促进汉语学习,提高学习效率,提升汉语应用能力,从而帮助汉语学习者学好汉语。为了适应(初)中级汉语水平学习者的需要,作者对搜集到的故事进行了篇幅压缩,在保留原文风格及语言的规范性的基础上,对部分较有难度的词汇、人名、地名等以脚注的方式做了拼音标注和解释,方便读者查阅,进行顺畅阅读;对于比较长的故事,如白蛇的故事,采用分节讲述的方式分为西湖相遇、开药铺行医、白蛇现原形、水漫金山寺、断桥重逢等9个小故事,避免故事太长让读者产生畏难情绪。

神话故事承载了数千年的人类文明和智慧,已超越时空的局限,至今仍具有宝贵的文化价值,如:"精卫填海"表现出不屈不挠的执着与信念;"大禹治水"彰显出舍己为民的坚韧气概;"神农尝百草"体现出敢为人先的舍己精神与实践;"牛郎织女"流露出永恒不变的人间真情,等等,至今读起来仍散发出迷人的魅力。这一个个脍炙人口、令人回味无穷的故事,有的趣味横生,有的寓意深刻,让人爱不释手,百读不厌。希望中国传统故事成为留学生朋友们汉语学习的好助手、好朋友,能够助力大家学好中文,讲好中国故事,成就大家美好的汉语学习梦想!

编者

2022年4月

目 录

盘古开天辟地	001
女娲造人	003
伏羲出世	005
燧人钻木取火	008
共工怒触不周山	011
女娲炼石补天	014
归墟五神山	016
炎帝神农	019
神农尝百草	022
精卫填海	024
黄帝战蚩尤	027
刑天舞干戚	029
蚕马姑娘	032
嫘祖养蚕	035
仓颉造字	037
乐神伶伦	040
龙的来历	043
龙生九子	045

百鸟朝凤	048
天女散花	050
"年"的来历	052
十二生肖的故事	054
天神少昊	058
天帝颛顼	061
帝喾高辛	064
后羿射日	067
嫦娥奔月	069
吴刚伐桂	071
玉兔捣药	073
河伯冯夷	075
洛神宓妃	077
夸父逐日	079
鲤鱼跃龙门	081
尧帝禅位	083
孝感动天	085
娥皇女英	087
大禹治水	090
寿星彭祖	092
牛郎织女	095
沉香救母	099
哪吒闹海	101
愚公移山	105
铁拐李成仙	107

钟离得道	111
张果老倒骑毛驴	114
何仙姑得道	118
吕祖洞宾	121
采和化仙	124
韩湘子吹箫	128
曹大国舅	132
八仙过海	136
杜宇化鹃	138
河神娶妻	141
干将莫邪	144
天仙姻缘	148
田螺姑娘	151
孟姜女哭长城	153
木兰从军	157
狐仙嫁女	161
月老配姻缘	166
柳毅传书	169
天师钟馗	175
梁山伯与祝英台	179
白蛇传说	183
参考文献	194

盘古开天辟地

在很久很久以前,天和地是合在一起的,没有分开,宇宙还是混沌①一片,样子看起来像一个大圆球,里面完全是黑乎乎的,没有一点儿光亮。在这个巨大的"圆球"中沉睡着一个名叫盘古的巨人。他一直睡啊,睡啊,整整睡了一万八千年。

有一天,盘古突然醒来了,他睁开蒙眬的睡眼,发现周围一片漆黑,什么都看不见。眼前这个黑暗的世界让他感到非常难受。在这样黑暗的环境里如何能生活得下去?他勃然大怒,从自己的嘴里拔下一颗牙齿,把它变成了一把威力巨大的神斧。盘古抡起大斧头向四周用力地猛劈过去。只听见一声巨响,"大圆球"被他劈成了两半。"大圆球"中一些相对较轻的东西开始缓缓地上升,慢慢地变成了天空;另外一些相对比较重的东西则徐徐地下降,逐渐变成了大地。

天和地分开以后,盘古担心它们还会合拢在一起,于是就用自己的双手使劲地托着天,双脚用力地蹬着地,让天和地没法再合在一起。他还继续施展法术让自己的身体逐渐长高。盘古的身体每长高一尺,天也随着升高一尺。时间一年又一年地过去,盘古越长越高,天与地也就被他撑得越来越分开了。这样不知过了多少年,天和地总算被牢牢地固定住了。然而,盘古也已经累得筋疲力尽,最终倒在地上,死去了。

盘古在临死的一瞬间,全身忽然发生了巨大的变化:他口里呼出的气,

---

① 混沌:模糊、不分明;这里指盘古开天辟地之前天地模糊一团的状态。

顿时变成了空中的风和云；他发出的声音，变成了轰隆隆的雷声；他的左眼变成了太阳，右眼变成了月亮；双手和双脚化作了大地的四极；高大的身躯变成了一座座高山；血液汇聚成了江河湖海；筋脉变成了道路；头发和胡须变成了夜空中一颗颗闪亮的星星；皮肤和汗毛变成了各种各样的花草树木；肌肉变成了田地；牙齿和骨骼变成了大小不一的石头；身上流出的汗水，也变成了雨水和露珠。这样一来，盘古在开天辟地之后，又用自己的身体创造出了一个美丽的世界。

女娲造人

盘古去世后,他的身体变化成了世间万物。从此,天上有了太阳、月亮和星星,地上也有了山川道路、江河湖海和花草树木。盘古不仅给这片广阔的大地带来了光明,还带来了美丽的风景。

有一天,一位叫"女娲"的女神来到了大地上。她四处游走,欣赏着周围美丽的风景。她非常喜欢眼前的美景,只是有一点不好,那就是无论她走到哪里,世间都是安安静静、悄无声息的。这让她不免觉得有些寂寞和孤独。她心想:应该增添点东西,让这片土地变得富有生气。可是究竟应该增添点什么呢? 她一时也想不出来。

她一直走呀走呀,走得累了,就来到一个水塘边休息。清澈的池水倒映出她美丽的身影:她笑,水里的影子也冲着她笑;她挥挥手,水里的影子也跟着她一起挥挥手。她忽然灵机一动,要是能有一群跟自己一样的生命在这里,这世间不就有生机了吗? 于是,她顺手抓起池边的一团黄泥,掺和了水,揉捏成一个和自己模样相仿的小东西。她把这个小东西放到地上,奇迹出现了,这个黄泥做的小家伙刚一接触地面居然就活了起来,它兴高采烈地跳跃着、欢呼着,还开口对女娲叫道:"妈妈! 妈妈!"女娲看着这个可爱的小家伙,又听见它冲着自己叫"妈妈",不由得满心欢喜。她给这小家伙取了个名字叫作"人",并继续用黄泥做出更多的小人儿。这些小人儿在她的周围欢呼跳跃,嘴里喊着:"妈妈! 妈妈!"这使她再也不觉得孤独和寂寞了。

女娲觉得这些小人儿实在太可爱了,心想要是能让整个大地都布满这些可爱的小人儿就好了。可是,大地毕竟太大了。她捏了很久,实在太累

了,于是就停下来想歇息片刻。她一边休息一边用一根枯藤在泥潭里搅水玩。藤条挥洒出的泥点溅落在地上,居然也变成了许多的小人儿,和先前用黄泥捏的一模一样,也会叫"妈妈"。这种方法确实又简单又省事。藤条一挥,就有许多新的人出现,不久大地上就布满了人。

然而,人的寿命是有限的,如果这些人将来死了怎么办?难道又再造一批?这岂不是太麻烦了?怎样才能使他们源源不断地生存下去呢?经过一番思索,女娲终于想出了一个办法,她把这些小人儿分为男人和女人,让他们结合起来,去创造自己的后代。这样,人类就能够世世代代绵延下来。

伏羲①出世

传说在远古时期,在遥远的中国西北,有一个部族叫作"华胥②"族。这个部族所在的地方究竟有多远呢?据说,无论你是走路、坐车还是乘船,都无法到达那里,只有拥有超常能力的神灵才能去到那么遥远的地方。那是一个充满神秘色彩的地方。生活在那里的人们都没有贪婪的私欲。他们都非常快乐和自足,过着乐天知命、率性而为的生活。他们从不会因为能够长久地活着而沾沾自喜③,也不会因为害怕死亡而忧心忡忡④。正是由于华胥部族的人们都能以一种天然纯朴的方式安身立命、待人接物,真正做到了心无杂念地生活,所以他们的寿命都很长。并且他们同周围的环境以及大自然达到了水乳交融的境界,所有人都拥有超乎常人的能力。他们落在水里不会溺水,遇到大火也不会被烧死,行走在天空中如履平地,云雾阻碍不了他们的视线,雷鸣电闪也干扰不了他们的听力。华胥部族的人们简直可以说是地上的神仙。

这个部族里有一个美丽的姑娘,有一次,她到东方一个非常美丽的大沼泽"雷泽"去游玩。她偶然间看见雷泽的边上有一个巨大的脚印。她觉得这个脚印特别好玩。这究竟是谁的脚呢?竟然有这么大?她把自己的脚踩到

---

① 伏羲,读音 fúxī,人的名字,中国古代神话故事中的三皇之一。三皇指的是:燧人(suìrén)、伏羲和神农。
② 华胥,读音 huáxū,中国古代一个部落的名称。
③ 沾沾自喜,读音 zhānzhānzìxǐ,形容自己以为不错而得意的样子。
④ 忧心忡忡,读音 yōuxīnchōngchōng,忡忡:忧虑不安的样子。忧心忡忡:形容心事重重,非常忧愁。

那个巨大的脚印上,想比较一下脚印的大小。可谁知这一踩竟然发生了一些奇怪的现象。她回到家后不久就怀了孕,后来生下了一个男孩,取名叫"伏羲"。

原来,那个巨大的脚印是"雷泽"的主神雷神留下的。伏羲的母亲因为好奇故踩了雷神的脚印,继而生下了伏羲,所以人们都说伏羲是雷神的儿子。伏羲的长相也确实和雷神很像,都是人面蛇身,身上也都长着鳞片。而且,他还能够沿着一道天梯,自由自在地到天上去。

传说,在巍峨①高峻的昆仑山顶上,有一株名叫"建木"的大树。这棵树长得非常高大且神奇,紫褐色的树干笔直地直插九霄云天,树干十分光滑,没有多余的枝丫,只在树的顶端生出了如同伞盖一样的相互缠绕的枝条。那时候天上的神仙就是通过这棵叫"建木"的树往来于天地之间的。

伏羲长大后,因为有圣明的德行,所以做了天下的君王。他通过观察天上的日月星辰,地上的山川河流,以及各种鸟兽的花纹足迹,画出了八种符号,用来标记天下的万事万物。后来人们把这八种符号称为"八卦"。由于他的八卦包括了天地万物的种种情况,人们就用它来记载生活中发生的各种事情。

---

① 巍峨,读音wēi'é,意思是形容山或建筑物高大而雄伟。

那个时代的人们都是靠打猎、捕鱼和采集野果为生的。可是,大自然的四季变换以及恶劣的自然环境,使得人们无法每时每刻都能随心所欲地获得稳定的食物来源。为了让大家免于饥饿,伏羲想尽办法为人们寻求出路。他看到人们手拿木棍到江河里去打鱼,这种方法费时费力,一次只能捕到很少的鱼。他尝试着用绳子交叉打结,渐渐地形成了一个网状的东西,用它在水里捕鱼,每次捕到的鱼的数量明显比以前多了许多。伏羲反复试验之后便把这项技术教给大家,让人们能够捕到更多的鱼。后来,伏羲又触类旁通地把捕鱼的原理运用到捕鸟上面,编织出了"鸟网"去捕捉小鸟。这样,人们就扩大了食物的来源并且丰富了食物的种类。

除此以外,伏羲还制定了姓氏,从此人们就有了姓名,并且逐渐形成了不同的氏族。他还创制了婚姻嫁娶的礼法规矩,用成对的鹿皮作为嫁娶时的礼物。伏羲还发明了瑟①这种乐器,长度大概有七尺二寸,有人说它有二十七根弦,也有人说有二十五根弦;他还创作了《驾辩》《扶来》等美妙的乐曲。

总之,传说中的伏羲发明了很多有用的事物,使人类从愚昧一步步走向文明,所以他受到了后世人们的景仰,被尊称为中国古代的"三皇"之一。

---

① 瑟,读音 sè,一种弦乐器,和琴比较相似。长约三米,古时候的瑟有五十根弦,后来改成了二十五根或十六根弦,平放演奏。

燧①人钻木取火

在远古蛮荒时期，人们还不知道有火的存在，更不可能知道如何使用火。一到晚上，四周就变得一片漆黑，野兽的吼叫声此起彼伏，人们只能蜷缩在一起，又冷又怕。由于没有火，人们只能吃生的食物，所以那时的人们经常会生病，而且寿命也很短。

有一天，山林中下起了一场很大的雷雨。雷电劈打在一棵大树上，树木就燃烧起来，很快旁边的树也跟着燃烧起来，逐渐地火势越来越大。人们被雷电和大火吓坏了，到处奔逃。过了很久，雷雨逐渐停了，天色也渐渐暗了下来，雨后的大地显得更加湿冷。雨停了之后，四处逃散的人们又聚集到了一起，他们惊恐地看着燃烧的树木。

这时候，燧人氏发现，那些燃烧着的树木可以清晰地照亮周围的环境。原来经常在夜里出现的野兽似乎今夜也停止了嚎叫。他想："难道那些野兽都害怕这个发亮的东西吗？"于是，他勇敢地走到火边，发现火不仅没有伤害到自己，反而让潮湿的身上暖和了许多。他兴奋地招呼大家："快来呀，这火一点儿也不可怕，它还能给我们带来光明和温暖呢！"其余的人们还是有些害怕，他们试探着一点点地靠拢过去，的确发现越靠近火就越温暖。于是大家都聚集到火边，烤火取暖。

这时候，有人又发现了不远处有被火烧死的野兽，正发出一阵阵香味。几个胆子比较大的人好奇地走过去尝了尝那些被火烧过的野兽肉。真是不

---

① 燧，读音 suì，古代传说中取火的器具。燧人氏是中国古代传说中人工取火的发明者。

吃不知道,这些被火烧过的肉竟是如此的美味。他们赶紧把所有被烧死的野兽都抬回来,和大家一起分享。

从此之后,人们感到了火的可贵。他们拣来树枝,不断地添加到火里,让火不停地燃烧着。并且每天都安排人轮流守着火堆,不让它熄灭。可是有一天,值守的人无意间睡着了,燃火的树枝烧完之后火也就随之熄灭了。人们又重新回到了黑暗和寒冷之中,痛苦极了。

火的出现不仅给人们带来了温暖和光明,还给人们带来了无尽的快乐。现在火熄灭了,人们却已经不愿意再回到没有火的生活了。可是大家都知道就算是在雷雨天,也不一定会有雷火出现。怎样才能再次把火点燃呢?燧人氏心里着急,于是他踏上了追寻火种的道路。

燧人氏翻过高山,越过大河,穿过森林,四处寻找火种,可惜始终一无所获。他非常失望,就坐在一棵叫"燧木"的大树下休息。突然,燧人氏发现眼前有亮光一闪一闪地,把周围照得很明亮。他立刻站起身来,四处寻找光的来源。这时候他发现燧木树上,有几只大鸟正在用短而硬的喙①啄树上的虫子。只要它们一啄,树上就闪出明亮的火花。

---

① 喙,读音 huì,指鸟类的嘴或形容像鸟类嘴一样尖锐的东西。

　　看到眼前的情景,燧人氏的脑子里灵光一闪,立刻折了一些燧木的树枝,用一块坚硬的小石头去敲打燧木树枝。树枝上果然闪出一点点的火光。可惜火光太微弱了,根本燃不起火来。尽管如此,燧人氏还是觉得有了希望,他找来各种石头和树枝,耐心地尝试用不同的方法敲打、摩擦、钻动树枝。他发现用一根细而尖的树枝在较粗的树枝上钻动是最有效的,有几次都钻出了一缕缕轻烟。于是,他使出最后一点力气继续飞快地钻动树枝,只听"噗"的一声,树枝开始燃烧起来,他终于钻出了真正的火!

　　燧人氏高兴地返回了家乡,并把钻木取火的方法教给了大家。从此人们再也不用生活在寒冷和恐惧中。

　　人工取火的发明结束了人类生吃食物的时代,开创了人类文明的新纪元。所以,燧人氏一直受到人们的敬仰和崇拜,并被尊奉为"火祖"。燧人氏的后代后来也就成了火神。

共工怒触不周山

共工是专门掌管水的水神,他人面蛇身,有一头红色的头发。他是一位性情十分暴躁的天神,动辄就会发脾气,而且嗜①杀成性。他的手下还有两个恶名昭彰②的恶神:其中一个叫作相柳,他也是人面蛇身,全身青色,项上长着九个脑袋,性情残暴,专以杀戮③为乐;另一个叫浮游,一副凶神恶煞④的模样,并且也是一个作恶多端的家伙。

传说,水神共工一向与火神祝融不合,两位天神经常发生一些冲突,还因此引发了大大小小的战争。这一次是水神共工首先向火神祝融发起进攻。他指派自己手下的两员大将——相柳和浮游——担任先锋,一开始就直接进攻火神祝融居住的光明宫,还特别狠毒地把光明宫四周长年不熄的神火给弄灭了。神火熄灭导致整个天宫立刻陷入了一片黑暗。为此火神祝融十分恼怒,他驾着浑身冒着烈焰的火龙亲自出来迎战。火神不愧是代表光明和温暖的天神,他所到之处黑暗迅速退去,光明又重新出现。水神共工见火神祝融占了上风,自然不肯罢休。他又命令相柳和浮游把江河湖海里的水都吸上来,向祝融的地盘倾倒过去。刹那间,长空中水浪翻滚、天昏地暗。水火相撞,蒸发起腾腾的雾气,分不清天南地北。水到之处,神火几乎又要被浇灭了。可是火神祝融也毫不示弱,他请来风神帮忙,风助火威,火

---

① 嗜,读音 shì,意思是喜欢、爱好。
② 恶名昭彰,读音 èmíngzhāozhāng,坏的名声太大了,周围的人都知道。
③ 杀戮,读音 shālù,意思是屠宰、大量杀害。
④ 凶神恶煞,读音 xiōngshénèshà,原指凶恶的神,后用来形容非常凶恶的人。

乘风势,炽烈的火焰直扑共工。共工想吸取更多的水来御火,可惜火势太猛,红红的火焰像长舌般卷过来,共工和他的手下被烧得焦头烂额,东倒西歪。

共工率领他的部下且战且退,仓皇逃回大海。他以为祝融遇到大海,肯定会知难而退,因此躲到了海里的水宫,就得意起来。不料祝融这次下了必胜的决心,他全速追击。火龙所到之处,推动海水不断地向两边翻转,让开了一条大路。祝融直逼水宫,水神共工只好硬着头皮出来迎战。他们打了很久,最终代表光明的火神祝融获得了全胜,光明又重返大地,人们又可以看到光亮,感受到温暖了。共工一方则以惨败告终,浮游被活活地气死了,相柳也逃之夭夭。共工瞬间失去了两个主力大将,无法再战,最终只得狼狈地向天边逃去。

共工一直逃到了不周山,回头一看,祝融的追兵已经快要赶上来了。共工无路可逃,又气又怒,就一头向山腰撞去,只听见"哗啦啦"一声巨响,不周山竟被共工拦腰撞断了。

不周山一倒,大灾难就降临了。原来不周山是盘古的四肢变化成的四根撑天大柱中的一根。撑天的柱子倒了,不周山支撑着的西边天空也跟着坍塌下来,还露出了很多大窟窿。原本四平八稳的天空也随之向西北方向倾斜,天上的太阳、月亮、星星因此也都跟着朝西北方移动。被不周山砸中的大地也裂出了一道道的深坑和缝隙,地的东南角陷塌下去,所以江湖流水都朝东南方向流去。在天崩地裂之时,山林里燃烧起熊熊大火,地底下喷出了滔滔洪水,森林里也窜出了各种凶猛野兽,大地瞬间变得像一个人间的地狱,地上的人们苦不堪言。

女娲炼石补天

女娲创造了人类之后,又将人类分成了男人和女人。男人和女人在一起,生儿育女。人类从此世世代代繁衍生息,过着幸福美好的生活。然而,好景不长。有一年,水神共工和火神祝融打起仗来。这一仗打得非常激烈,二位天神从天上一直打到地下。结果水神共工战败,一怒之下把撑天的柱子不周山给撞倒了。天倒下了半边,天上出现了一个大窟窿,不断有陨石和天火从破开的大洞中落下,地也出现了一道道大裂纹,山林烧起了大火,洪水从地底下喷涌出来,波浪滔天,生活在地上的人类不是被天上落下的陨石砸死,就是被地上的火烧或者水淹。山林里的野兽也跑出来,威胁着人类的生存。

作为人类的母亲,女娲看到自己造出的人类遭此劫难,东躲西藏、无处容身的惨象,心中十分痛惜。为了救人类脱离苦难,她决心要把破了的天重新修补好,终止这场灾难。女娲先到各条大江和大河里去挑选和收集大量五颜六色的石块。随后,她燃起熊熊的大火,将五色石块投入火中,熔化成浆,再用这些滚烫的石浆做黏①合剂,把天上的那些大窟窿一个一个地修补好。可是,要想把这些窟窿全都修补好也并不是一件容易的事情。一不留神石浆就会粘不牢固,很多刚刚补好的地方过一会儿又会裂开来。女娲却不厌其烦,一遍又一遍地反复修补。终于,把天上的窟窿全都给修补好了。

为了避免刚修补好的天再一次坍塌下来,女娲从海里抓来了一只巨大

---

① 黏,读音 nián。黏合剂,使两个物体互相合在一起的物质,例如胶水。

的乌龟,砍下了它的四只脚,当作四根柱子立在大地的四方,把天空稳稳地支撑起来。女娲还擒杀了残害人类的黑龙,止住了龙蛇猛兽的嚣张气焰。最后为了堵住洪水,女娲还收集了大量芦草,把它们烧成灰,填塞洪水流出的洞口。

经过一番努力,苍天总算补上了,大地填平了,山火熄灭了,洪水止住了,龙蛇猛兽也不再出来害人,天地间恢复了宁静,天上还出现了五彩的云霞和彩虹。万物又恢复了生机勃勃的景象,人们也重新过上了安乐的生活。但是灾祸也留下了一些痕迹。从此由于天还是有一些略向西北倾斜,因此太阳、月亮和星星都很自然地东升西落;又因为地向东南塌陷,所以一切江河都向着东南方向汇流。

归墟①五神山

女娲炼石补天之后,残破的天空和大地虽然被她重新修补好了,但终究不可能完全恢复原貌。据说从此以后,天空就略微向西北方向倾斜,所以太阳、月亮、星星都不自觉地要朝着西边跑,落向倾斜的西天;大地的东南方向,塌陷出了一个深坑,所以江川河流里的水也都不由自主地朝着东南方向流淌。所有的水不断地灌注到东南方的深坑里,渐渐地就形成了海洋。

人们或许会担心:所有江河湖泊里的水都每天不停地向东南方的深坑里灌注,任凭那个深坑再大,怎么装得下这么多水?要是有一天深坑里的水灌满了,漫出来怎么办呢?那时候人类岂不是又要遭殃了吗?

请不要担忧。据说在渤海②的东边,距离渤海不知道有几万里③的地方,有一个深不见底的大壑④,它的名字叫作"归墟"。江河湖泊里的水,通通都往这儿流。然而,归墟里面的水却总是能保持一种平衡的状态,既不增加,也不减少。既然有这样一个深不见底的大壑来容纳江河湖泊里的水,所以当然就不用担心水会漫出来了。

---

① 归墟,读音 guīxū,中国古代神话传说中在海里的一个深不见底的谷,是所有水流汇聚的地方。
② 渤海,读音 bóhǎi,渤海是西太平洋的一部分,也是中国的内海。三面环陆,在辽宁、河北、山东与天津这三省一市之间。
③ 里,长度单位,1里等于500米。
④ 壑,读音 hè,很深的沟或者坑。

传说在归墟里面还有五座神山,分别叫作岱舆①、员峤②、方丈、瀛洲③和蓬莱④。每座神山的高度大约都有三万里,周长也是三万里。每座山之间相隔七万里。山上建满了各式各样的亭台楼阁、庙宇宫殿,那都是各位神仙的家。除此以外,这些山上还生活着种类繁多的飞禽走兽,长满了许多的树木。这些树每隔几千年就会开花和结果,结出的果子就是各种仙果,味道十分甘甜,吃了之后还可以长生不老。生活在这五座神山上的仙人们个个都神通广大,拥有无限的法力,他们可以像小鸟儿一样在高高的海面、碧蓝的天空中自由地飞翔,往返于五座神山之间,拜访他们的亲朋好友。这样的生活真是逍遥自在。

然而,即使是这些逍遥自在的神仙们,有时候也会遇到一些烦心的事情:原来这五座神山都是像船儿一样漂浮在大海中的,下面没有固定住。所以一旦遇到风浪,五座神山便会随波起伏,四处漂荡,这对于神仙们彼此往来,很是不方便。

为了解决这个困难,大家商议决定推选一位代表到天帝那里去诉苦。天帝听了之后,觉得几座神山这样在海里漂来荡去的确实也不妥,万一哪天漂到天边去了,诸位神仙岂不就无家可归了?于是便派海神禺强⑤安排十五只大乌龟去海里把五座神山用龟背驮⑥起来。每座神山分别由三只乌龟负责,其中一只乌龟驮着神山,另外两只乌龟在周围看守,六万年交换一次,轮流负担。这样一来,神山就稳定了。住在山上的神仙们终于可以踏踏实实地生活了。

不料有一年,有一个龙伯国的巨人来到这里,无意间扰乱了这里的平静。大概是因为他闲着没事,有些发闷,就带了一根钓竿,来大海里钓鱼。说来也奇怪,这位巨人原本是来钓鱼的,结果一条鱼也没钓到,却一口气钓

---

① 岱舆,读音dàiyú,中国古代神话中的海上仙山之一。
② 员峤,读音yuánqiáo。
③ 瀛洲,读音yíngzhōu。
④ 蓬莱,读音pénglái。
⑤ 禺强,读音yúqiáng,是黄帝的孙子。海神禺强统治北海,身体长得像鱼,但是有人的手足,乘坐双头龙。
⑥ 驮,读音tuó,意思是用背(多指牲口)负载人或物。

上来了六只大乌龟，然后他背着这几只乌龟就回家去了。这六只乌龟是负责驮负岱舆和员峤两座神山的，现在它们都被巨人钓走了，可怜的岱舆和员峤两座神山因为没有了乌龟的背驮，在海里漂漂荡荡，相互碰撞，一直漂到了遥远的天边，最后沉入大海。住在这两座神山上的神仙们见势不妙，都慌慌忙忙地搬家，在天空中飞来飞去，累得满头大汗。

天帝知道这件事情后，大发雷霆，便把龙伯国的土地削小，把龙伯国人的身量缩短，以免他们再出去到处惹祸。到伏羲神农的时代，这一国人的身量虽然已经缩短到无法再短了，但据当时一般人看来，他们还有好几十丈高呢。

归墟里的五座神山，沉没了两座，就只剩下了蓬莱、方丈和瀛洲三座山，这三座山仍旧还是由那些大乌龟继续驮着，直到以后若干万年，还好再也没有出什么乱子。

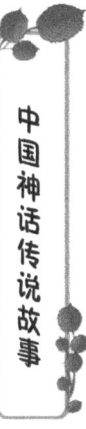

炎帝神农

炎帝是我们中华民族的始祖之一。中华儿女总是称自己是炎黄子孙，其中"炎黄"指的就是炎帝神农氏和黄帝轩辕①氏。他们两位始祖几乎生活在同一个时期，其中炎帝神农氏是一位善于创造发明的神，他在农业、医学、文化方面都做出了杰出的贡献，为缔造②中华古国最早的文明，发展社会生产力和推动中华民族的繁荣昌盛做出了不可磨灭的贡献。正因为如此，他一直受到世世代代炎黄子孙的敬仰和祭祀。

据说炎帝的出生也是极具神奇的色彩。那是一个寻常的傍晚，西边的残阳还没下山，晶莹的月亮就已经悄悄地爬上了树梢。有一个名叫任姒③的女孩子此时正和小伙伴们在姜水岸边玩水嬉戏。突然，从江水中射出一道耀眼的红光。任姒好奇地看向红光发出的方向，只见一条赤髯④神龙从水中腾空而起，两眼中发出的神光正好与她的目光交接。任姒吓得怔住了。与此同时，她感觉到似乎有什么东西轻轻地扎了自己一下，这种感觉有些怪怪的。恍惚中，她用手揉了揉眼睛，再定睛望去，却不见神龙的踪影。水面依然一片平静，只有天色逐渐暗了下来。

此事过后任姒竟然怀孕了。她生下了一个牛头人身的小男孩。这个小孩因为是母亲在姜水边偶遇神龙后所生的，所以就用姜水的"姜"字作为孩

---

① 轩辕，读音 xuānyuán，传说中的古代帝王黄帝的名字。
② 缔造，读音 dìzào，意思是建造、创立、建立（多指伟大的事业）。
③ 任姒，读音 rènsì，人名。
④ 赤髯，读音 chìrán，赤指红色，髯指胡子。赤髯就是红颜色的胡子。

子的姓氏。

这个姜氏小孩刚出生的时候,身边的大地上就涌出了九眼井。这九眼井的内部彼此相连,如果汲取①其中一口井的水,那么其余八口井的水都会跟着波动起来。由于他的出生经历十分离奇,长相跟普通的人也不一样,再加上他后来的勤劳勇敢,姜氏长大后就被推举成为部族的首领。

上古,没有农业,人们只能依靠伏羲始祖传授的狩猎、捕鱼等技能为生。但是随着人类的不断繁衍生息、部落人群越来越多,依靠狩猎和捕鱼得来的食物再加上采摘的野果也已经越来越不够吃了。人们经常要挨饿、受冻,有时遇上凶猛的野兽还有生命危险。

有一天,姜氏在捕猎的时候看到一只红色的小鸟,嘴里衔着一株九穗②的禾苗从天上飞过。穗上的谷粒掉落下来,姜氏就把它们拾起来扔到了泥土里。没想到这些谷物竟然在泥土中生根、发芽、不断地生长,长成了一株株禾苗。到了秋天,这些禾苗上结出了一颗颗谷粒,和先前鸟嘴里衔着的禾苗上的谷粒一模一样。姜氏小心地把这些谷粒收集起来,带领大家播种谷粒。等到第二个秋天来临的时候,姜氏部落已经种出大量的谷粒。人们把这些谷粒收集起来,分成两份,一份用来充饥,另一份留着继续耕种。他们

---

① 汲取,读音 jíqǔ,汲,从下往上打水。汲取的意思是吸取、吸收。
② 穗,读音 suì,指禾本植物生长在茎的顶端的花和果实。

还不断地尝试,把其他一些植物的种子收集起来,也用来播种。从此,人们就有了源源不断的食物,再也不用忍饥挨饿了。人们为了感谢姜氏发明了农业,便尊称他为"神农"。

神农不单单是农业的神,同时也是医药神。神农在教会人们农业耕种的同时,还踏遍三山五岳,遍尝百草,从众多的植物中区分出那些可以治病救人的草药,使人们免受疾病的困扰。

神农就这样不断地运用自己的智慧来改善人们的生活,为中华民族的生存、繁衍和发展做出了重要贡献,因而被世人尊称为炎帝。

神农尝百草

传说神农长着牛头人身,由于他的特殊长相和勤劳勇敢,长大后被人们推举为部落首领。那时候,人们还在依靠狩猎和捕鱼为生,但是由于工具简陋,捕捉到的野兽往往不够吃。有一次神农看见鸟儿衔种,由此发明了五谷农业。神农教会人们耕田播种、种植粮食,使人们从此有了源源不断的食物来源。因为这些卓越的贡献,大家尊称他为神农。

然而人吃五谷杂粮,难免会产生各种疾病,有的疾病可以靠身体的抵抗能力慢慢消除,可是有的疾病不仅无法祛除,而且还会越来越严重,甚至会导致死亡。那时候的人们,一旦生了病,一点办法都没有,只能听天由命。大多数时候生病就意味着只能等死。神农为此十分焦急。于是,他决定亲自尝遍所有的植物,通过自己的亲身体验来判断哪些植物是可以吃的,哪些是不能吃的,哪些植物可以用来治疗疾病。

于是，他做了两只大口袋，一只挂在身体的左边，另一只挂在身体的右边，开始到处行走。神农把所有尝试过的东西都进行分类，觉得是可以吃的东西就放进左边的口袋里，将来给人们吃；觉得是能治疗疾病的就放进右边的口袋里，将来当药用。就这样，神农不停地采摘和品尝，尝遍了各种植物，寻找到了许多有用的药物，用它们挽救了无数人的性命。

在寻找草药的过程中，神农偶尔也会尝到毒草。每次他都能顺利地找到解毒的方法给自己解毒。可是有一次，神农不幸尝到了"断肠草"。这种毒草实在太厉害了，神农还没来得及给自己解毒，毒性就发作了。神农临死前还紧紧地抱着他的两只大口袋。人们隆重地安葬了神农，并尊称他为农耕和医药的始祖。

精卫填海

传说炎帝神农氏有四个女儿,其中最小的一个女儿名叫女娃。女娃聪明伶俐,活泼可爱,最受炎帝的宠爱。她从小无忧无虑,性格开朗,无论谁有多么烦恼的事情,只要看见她,心情就豁然开朗,所以家里人人都非常喜爱她。但是大家也都最担忧她,因为她喜欢做的事情,常常都出人意料。姐姐们都喜欢梳妆打扮,唯独她酷爱四处游玩。她经常一溜烟,就不知跑哪儿去了,害得炎帝到处去找她。

有一次,她想让父亲带她到东海——太阳升起的地方——去看一看。可是,父亲因为每天忙于公事,总是没有时间带她去。

这一天,父亲出门之后,女娃就背着家里的人偷偷地跑了出来,独自驾着一只小船朝着东海太阳升起的地方划去。小船载着女娃在海面上漂荡,微微的海风轻轻地吹拂着海面,小船随着轻柔的海浪缓缓地起伏着。女娃完全沉醉在这一望无垠的蔚蓝色的大海之中。随着海浪的起伏,小船逐渐往大海的深处越漂越远。

可是年轻的女娃哪知道大海的凶险,正当她玩得高兴的时候,突然间平静的大海变了脸,微笑的太阳躲进了厚厚的云层,轻柔的海风变成了锐利刀刃,温柔的海浪也突然变成了滔天的巨浪。女娃一开始还能劈波斩浪,左避右挡,与大海周旋。可是,渐渐地,大海的浪涛越来越高,女娃的力气却越来越弱。就在这时,一个巨大的海浪把女娃的小船打翻了,女娃不幸落入海中,被无情的大海吞噬①了生命。炎帝得知后十分痛心,但也没有任何办法可以让女娲起死回生。

女娲不甘心就这样死去,她的灵魂化作了一只小鸟,名叫"精卫"。这只小鸟的模样长得和乌鸦有点像,浑身上下长满了黑色的羽毛,但和乌鸦不同的是精卫的头顶上有一些花纹,嘴壳是白色的,而脚趾则是红色的。它栖息在北方的发鸠②山上。

精卫痛恨无情的大海夺去了自己年轻的生命,又想到也许还有别的人也可能会被大海夺走生命,因此它每天不断地从发鸠山上衔来一条条小树枝或者是一颗颗小石头,然后展翅高飞,一直飞到东海的上空,再把口里的树枝或石子丢进海里,发誓要把大海填平。

大海咆哮着嘲笑她:"小鸟儿,算了吧,就算你干上一百万年也休想把我填平。"精卫在高空中愤怒地回答:"就算需要一千万年、一万万年,我也要把你填平!"大海不解地问:"你为什么这么恨我呢?"精卫回答说:"因为你夺去了我的生命,将来你还会夺走更多年轻无辜的生命,所以我要无休止地工作下去,直到把你填平。"

一年四季春夏秋冬,无论是赤日炎炎还是雨雪纷飞,精卫都不停地从发鸠山上衔来石子和树枝扔进大海里。它衔呀,扔呀,成年累月,往复飞翔,从

---

① 吞噬,读音 tūnshì,吞吃,吞咽,整个地吞下去。
② 鸠,读音 jiū,指一种小鸟。发鸠山是一座山的名字。

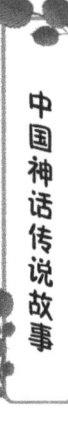

不停息。

　　后来，一只海燕飞过东海的时候遇见了精卫，被精卫大无畏的精神所打动，于是与它结为夫妻，生出许多小鸟，雌的像精卫，雄的像海燕。小精卫们和它们的妈妈一样，也去衔石填海。直到今天，它们还在做着这种工作。

黄帝①战蚩尤②

相传,大约在四千多年以前,长江和黄河流域一带居住着许多氏族和部落。黄帝部落正是其中最有名的一个部落。据说黄帝部落和炎帝部落是近亲。随着炎帝年纪的增长,炎帝部落开始逐渐衰落,而黄帝部落却正在兴旺。

这时候,有一个九黎族的首领名叫蚩尤,十分强悍。传说蚩尤手下有八十一个兄弟,他们个个都长着铜头铁脑,身体形似各种野兽,凶猛无比,还擅长制造各种各样的兵器。九黎族的人都很善战,蚩尤经常会带领他的手下去侵略别的部落。

有一次,蚩尤带兵攻打炎帝的部落,炎帝起兵抵抗,可惜他不是蚩尤的对手,被蚩尤打得一败涂地。炎帝一路逃到了黄帝部落的地盘请求黄帝帮忙。而黄帝也早就有心想除去蚩尤这个祸害,就答应了炎帝的请求,联合周围的其他部落,备齐了人马,和蚩尤展开了一场大战。

黄帝先派出自己的大将应龙出战。应龙擅长吐水。它飞到空中,居高临下,往蚩尤的队伍里吐水。刹那间,汹涌的水流向蚩尤的队伍喷射下去。蚩尤急忙命令风伯和雨师上阵。雨师迅速把应龙喷出的水收集起来,变成雨水下到黄帝的队伍中,风伯趁机再刮起满天大风,黄帝的队伍这边顿时变得狂风呼啸、暴雨倾盆。而应龙又只会吐水却不懂得收水,根本无法阻止风

---

① 黄帝,人名,中国古代传说中的五位圣明君主即"五帝"之一。据《史记》记载,"五帝"分别指黄帝、颛顼、帝喾、尧和舜。

② 蚩尤,读音 chīyóu,人名,传说中九黎族部落的首领。

伯和雨神的法术,结果黄帝大败而归。

　　黄帝不甘心失败,不久之后,他又重新整顿好军队,再次与蚩尤对战。这一次,黄帝亲自带领士兵冲入蚩尤阵中。不料蚩尤竟施展妖法,放出滚滚浓烟,把黄帝和他的军队团团困住。一来二去,两个部落打了大约有七十一仗,但是黄帝胜的次数少、败的时候多,黄帝心中非常焦急。

　　这一天,黄帝正在苦苦思索打败蚩尤的方法,不知不觉就睡着了。在睡梦中,他梦到九天玄女送了他一部兵书。黄帝醒来后,发现自己手中居然真的握着一部兵书。黄帝认真研读之后,按照兵书的指引设下阵法再次与蚩尤决战,并最终战胜了蚩尤。

　　各部落看到黄帝打败了蚩尤,都非常高兴。黄帝也因此受到了各个部落的拥护,从此成为部落联盟首领。后代的人都认为黄帝是华夏民族的始祖,自己是黄帝的子孙。又因为炎帝族和黄帝族原本就是近亲,后来又融合在一起,所以我们也常常把自己称为炎黄子孙。

刑天舞干戚①

刑天是炎帝手下的一名大将。他生平酷爱音乐,曾经为炎帝创作了例如《扶犁》和《丰收》等歌颂当时的人们所过的幸福快乐生活的乐曲和诗歌。

后来,黄帝帮助炎帝打败蚩尤以后,黄帝部落的势力日渐强大,而炎帝部落却已走向衰落。炎帝自知无法与黄帝抗争,甘愿屈居于黄帝之下,到南方去做了一个小小的天帝。虽然炎帝选择了屈服,但是他的子孙和手下却不服气,刑天就是其中之一。他看不起黄帝借大战蚩尤的机会将各个部落都统一到自己部落的作为,对黄帝怀恨在心,多次鼓动炎帝向黄帝复仇。然而炎帝宅心仁厚,他深知一旦发起战争百姓便会遭受无辜的伤亡。这是炎帝不愿意看到的,所以他拒绝刑天的要求,解散了残余的兵力。刑天见炎帝丝毫没有要报仇的心思,感到心灰意冷。他下定决心,就算只有自己一个人,也要去找黄帝复仇。于是他偷偷地离开了南方的天庭,踏上了向黄帝复仇的道路。

黄帝居住的地方守卫非常严密,但是刑天更是骁勇善战,只见他左手握着长方形的盾牌,右手拿着一柄闪光的大斧,一路过关斩将,击退了无数的天兵,攻破重重的天门,很快就杀到黄帝的正殿门前。此时,黄帝正带领众大臣在宫中观赏仙女们的轻歌曼舞,忽见刑天挥舞着盾斧杀将过来,顿时勃然大怒,拿起宝剑就和刑天打斗起来。两人的本领不相上下,打了很久都无法分出胜负,从宫内杀到宫外,从天廷打到凡间,一直杀到了常羊山旁。

---

① 干戚,读音gānqī,干指盾牌,戚指大斧,是古代的两种兵器。

常羊山是炎帝降生的地方，往北不远，便是黄帝的出生地轩辕国。刑天和黄帝二人到了常羊山后，打斗得更加激烈了，他们双方都使出浑身的本领，恨不得一下就能将对方置于死地。黄帝到底是久经沙场的老将，又学习了九天玄女的兵法，更比刑天多些心眼，他寻了个刑天的破绽，一剑向刑天的脖子上砍去，只听"咔嚓"一声，刑天那颗像小山一样的巨大头颅，就从脖子上滚落下来，一直滚到了常羊山脚下。

头颅掉落后，刑天顿时惊慌起来。他急忙把斧头从右手转移到握着盾牌的左手中，腾出右手到处摸索着寻找自己的头颅。他一边移动脚步一边四处摸索，周围但凡能找的地方都被他搜寻了一遍，可惜依旧没有找到那颗头颅。他焦急地向远处摸去，却没想到头颅就在他脚下的山谷中。

黄帝也害怕刑天一旦找到头颅，恢复了原身又来和他作对，趁着刑天向远处找去的空当，连忙举起手中的宝剑向常羊山用力一劈，随着"轰隆隆"的一阵巨响，常羊山被劈为两半，刑天的巨大头颅顺着裂缝滚落到山中。紧接着，被劈开的常羊山又合而为一，刑天的头颅被深深地埋进了山肚子里。

听到身后发出的巨响，刑天停止了摸索。他知道狠心的黄帝此刻已经把他的头颅埋葬了，他将永远身首异处。他就像是一座黑沉沉的大山似的，呆呆地立在原地不动。此刻，他不用眼睛看，不用耳朵听也能够想象出黄帝扬扬得意的样子。他知道自己的心愿将永远无法达成，心中充满了愤怒与不甘。

他不甘心就这样败在黄帝手下,即便是失去了头颅也要找黄帝再战。于是他赤裸着上身,把他的两乳当作眼睛,把肚脐当作嘴巴,把身躯当成是头颅。他一只手拿着盾牌,一只手举起大斧,向着天空乱砍乱劈,继续和眼前看不见的敌人拼死搏斗起来。只见那两乳的"眼睛"似乎喷射出愤怒的火焰,那圆圆的肚脐上好像在发出仇恨的咒骂,那身躯的"头颅"如同大山一样坚实稳固,那拿着斧和盾的两只手挥舞得是那样有力。

蚕马姑娘

上古时候,有一户人家,家里只有父女俩和一匹马相依为命。有一天,父亲出门远行,留下女儿看守家门。女孩每天操持家务,洗衣喂马。

日子就这样一天天地过去了,可是父亲始终没有回来。女孩在家非常孤独,她越来越想念自己的父亲,也不知道他在外面是什么情况。

有一天,女孩吃过午饭后去给马儿喂草料。她一边喂马一边轻轻地抚摸着马的脖子,自言自语地说道:"马儿,马儿,你能否把父亲带回来啊?如果你真的能把父亲带回来的话,我愿意嫁给你做妻子。"她只不过是无心地随口一说罢了,可是马儿似乎听懂了她的话,用力挣脱了缰绳①,跳出马房,朝院子外面跑了出去。女孩在后面都惊呆了。

马儿不知跑了几天几夜,一直跑到了女孩父亲住的地方。它不停地用脸蹭着女孩的父亲,用蹄子踏地,并伸长脖子朝着来的方向不停地悲鸣。看到马儿这些奇怪的举动,父亲感到很诧异,他立刻想到了家里的孩子。一定是自己的女儿出了什么事情,马儿才会跑来这里找他。于是他立刻跨上马背,一刻不停地赶回家。

还没到家呢,父亲远远地就看见家门前倚着一个小黑点。走近了一看,正是自己的女儿站在门口远望。她好端端的,一点问题都没有。女孩看见父亲回来,欣喜若狂。见父亲一脸担忧的表情,女儿连忙告诉父亲家里一切安好,只是自己非常思念父亲,马儿通人性,竟自己跑去接了父亲回来。

---

① 缰绳,读音 jiāngshéng,指牵牲口的绳子。

自打马儿去接回了父亲，父女俩觉得这匹马既聪明又重感情，从此对它格外地照料。让它住舒适的马房，给它吃精细的草料。可是马儿却很奇怪，它不吃也不喝，似乎对这些优厚的待遇并不感兴趣。但是每当女孩从房里出来的时候，它就又跳又叫，兴奋异常。

看到马儿这些怪异的举动，父亲心里疑惑不解，就问女儿知不知道是怎么回事。女儿想起当初自己说过的话，告诉了父亲。父亲很生气。自己的女儿怎么能嫁给一个牲畜呢？这事情也太荒唐了吧。他一怒之下干脆用箭把马射死，并且剥下马皮，放在院子里暴晒。

一天，父亲出去办事。女孩和小伙伴们在院子里玩。她们看着干干的马皮，指着它七嘴八舌地奚落①道："牲畜就是牲畜，真不知道天高地厚，还想娶人为妻。"正说着，天空突然刮起了一阵狂风，马皮乘风飞了起来，把女孩团团地包裹住，然后带着女孩随风飘走了。小伙伴们惊慌失措，赶紧去找女孩的父亲。

村里的人都来帮忙寻找女孩。几天之后，有人在一棵大树的树枝上发现了她的踪迹。此时，她已经变成了一条蠕动的小虫，身体被马皮紧紧地包裹住，只露出一个小小的脑袋慢慢地摇摆着，嘴里吐出一条又细又白的丝，将自己包裹起来固定在树枝上。好奇的人们都赶来观看。大家就把这个小

---

① 奚落，读音 xīluò，讽刺、讥笑的意思。

虫叫作蚕,说它是因为觉得不好意思见人,所以吐丝把自己包裹起来;又把这树取名为桑树,因为女孩在这树上丧失了自己年轻的生命。

后来,这个女孩做了蚕神,那马皮也一直留在了她的身上,和她永不分离。

嫘祖①养蚕

相传,大约在五千多年前,有一个叫作西陵的氏族。有一年的农历三月初六那天,西陵氏族首领的家里生了一个女儿,这个女儿就是嫘祖。

据说嫘祖出生的时候,她的父亲正带领着族人们祷告②上天,巫师占卜说道:"灾星与劫难将同时降临到西陵,如果不消除灾星,风雨将不会停止。"首领祷告完毕后回到家中,得知女儿出生时,正好就刮起了大风,下起了大雨。他顿时脸色大变。他看着正在嗷嗷啼哭的女儿,听着屋外大风吹断树枝的声响和哗啦啦的雨声,想起巫师说的话。他认为自己的女儿就是巫师口中所说的那个灾星。为了使整个部族免于灾难,首领狠心地让巫师把刚出生的女儿扔进了山沟里。

狂风暴雨持续了三天三夜。风雨刚停,首领的妻子就匆匆赶往山沟,寻找自己的孩子。她惊奇地发现女儿竟然没有死,而且还睡得很香甜。母亲急忙把女儿抱回家中,苦苦地哀求自己的丈夫说:"女儿不是灾星,她是上天赐给我们的宝贝,求你不要再抛弃她了!"首领听了妻子的话深为感动,擦了擦眼泪说:"我们西陵氏族在这里定居已经超过十代了,头一次遭受此劫难,也许是命中注定该连累祖宗一次。那咱就叫她嫘祖(连累祖宗的意思)吧!"

嫘祖长大后,出落成一位美丽、聪明、善良的大姑娘。她每天都要去山里采摘野果回来侍奉家中年老的父母。附近山里的果子都被摘完了,她就

---

① 嫘祖,读音 léizǔ,人名,中国远古时期人物。西陵氏的女儿,轩辕黄帝的妻子。在中国古代神话传说中她是养蚕制丝方法的创造者。

② 祷告,读音 dǎogào,宗教信徒向祈求神明保佑的一种仪式。

跋山涉水到更远的地方去采摘。可是渐渐地,远处的野果也被摘完了。没有了果子,嫘祖一家就没有了食物。一想到家中的父母要挨饿,她不由得伤心地哭了起来。她的哭声悲伤而凄凉,森林里的飞禽走兽们听到后都感动得流下了眼泪。

天上的玉帝也听见了嫘祖的哭声,拨开云雾向下一看,原来是一个少女正在伤心落泪,便发了善心,把天庭中的蚕神派下凡间。蚕神把桑树上的桑果送到嫘祖的嘴边。嫘祖尝了一口,发现桑果虽然黑乎乎的很难看,但是味道甘甜,十分可口,就采了许多桑果带回家给父母品尝。父母吃了桑果身体逐渐好了起来。

转眼到了夏天,桑树上的蚕儿开始吐丝做茧。嫘祖看到蚕吐出的丝晶莹剔透,还很柔韧,就把蚕丝收集起来,织成布料做衣服给父母穿。蚕丝做成的衣服穿在身上柔软轻巧,而且夏天凉爽、冬天保暖。嫘祖因此受到了启发。于是她把蚕儿捉回家喂养,逐渐掌握了养蚕的技巧和抽丝纺织的手艺。她把这些技艺毫无保留地教给当地的人们。从此,西陵氏族的人们再也不用穿树皮、兽皮,而是穿上了美丽轻巧的丝绸衣服。

嫘祖发明养蚕织丝的事情很快传遍了神州大地,各个部族的首领们为了学会这门技术,纷纷前往西陵氏族向嫘祖求婚。可惜都遭到了她的婉拒。后来,黄帝有一次路过西陵氏族,遇见嫘祖,两人一见倾心,最终结为夫妻。

嫘祖与黄帝结婚后,辅佐黄帝治理中原,建立国家,为中华民族的形成奠定了坚实的基础。嫘祖养蚕织丝的技艺也从此传遍了中华大地。

仓颉①造字

　　仓颉是黄帝手下的一名官员。那时,当官其实是一件辛苦的事情,他们需要花费很多的时间来管理部落中的各种事务。在黄帝的众多官员中,仓颉专门负责管理部落里的牲口和食物。

　　仓颉这个人头脑非常聪明,做事又尽职尽责,他很快就熟悉了所管的牲口和食物。可是慢慢地,牲口和食物的数量都在不断地增加和变化,光凭脑袋根本记不住了。怎样才能够准确地记录事物的种类和数量呢?仓颉犯难了。

　　仓颉想了各种办法,先是在绳子上打结,用各种不同颜色的绳子来代表不同种类的牲口或者食物,再通过在绳子上打结的方式,用每一个绳结代表一个牲口或者食物的数目。这种结绳记事的方法一开始确实能够记录清楚各种牲口和食物的种类和数量。但时间一长,这个办法也不奏效了。数目增加的时候在绳子上打个结倒是很容易,但是如果数目减少了,在绳子上解开结就比较麻烦了。仓颉又想到了在绳子上打圈圈,再在圈子里挂上各式各样的贝壳,来代替他所管的东西。数量增加的时候就添一个贝壳,数量减少了就去掉一个贝壳。这个办法比打结的方式管用,一连用了好几年。

　　黄帝见仓颉如此能干,让他管理的事情就愈来愈多,例如部落里人口数量的增减、猎物数量的分配、每年祭祀的次数等,这些事情都统统交给仓颉来管。仓颉又犯愁了,之前发明的用绳子挂贝壳的方法也已经远远无法记

---

①　仓颉,读音 cāngjié,人名,中国古代传说中的汉字创造者。

录这么多繁杂的事物了。怎样才能不出差错呢?

这天,部落里举行集体狩猎活动,仓颉和其他人一样四处搜寻猎物。当他走到一个三岔路口时,听见几个老人正在为往哪条路走的问题争辩。其中一个人坚持要往东走,说东边有羚羊;另一个说要往北,因为北边不远处有鹿群;还有一个偏要往西,说西边有两只老虎,如果不抓紧时间赶去就会错失了机会。仓颉问他们是如何知道这些动物的行踪的?原来他们都是根据野兽留在地上的脚印来判断的。仓颉心中一阵惊喜:既然不同的野兽对应有不同的脚印,那么我为什么不能用各种不同的符号来表示我所管的各种不同的事物呢?他兴奋地飞奔回家,开始创造各种不同的符号来表示事物。果然,把事情管理得头头是道。

黄帝知道后,对仓颉大加赞赏,命令他到各个部落去传授这种方法。渐渐地,这些符号的用法在各个部落推广开,逐渐形成了最初的文字。

仓颉创造了文字,黄帝十分器重他,人们也都纷纷称赞他,他的名声越来越大。在大家的赞扬声中,仓颉开始扬扬得意,造字也越来越马虎。黄帝为此很是生气。他眼里容不得一个臣子变坏,想让仓颉尽快认识到自己的错误。黄帝召来了一位聪明的长者与他商议。这位长者的白胡子上打了一百二十多个结,表示他已是一百二十多岁的人了。他沉思了一会儿后,独自去找仓颉了。

仓颉此时正在教各个部落的人识字,老人默默地坐在最后和大家一起认真地听着。仓颉讲完,其他人都散去了,唯独这位老人还坐在原地不走。仓颉好奇地走到老人面前问他为何不走。

老人说:"仓颉啊,你造的字已经家喻户晓,可我人老眼花,有几个字至今弄不清楚,你能不能再教教我呢?"仓颉见到这么大年纪的老人都这样尊重他,心里很高兴,就催他快问。老人说:"牛有四条腿对吧?但是你造出来的'牛'字怎么没有四条腿,只剩下一条尾巴呢?"仓颉一听,心里有点慌了:自己原先造"鱼"字的时候,本来应该写成"牛"字的,而造"牛"字的时候,是写成"鱼"字的样子的。都怪自己当时粗心大意,竟然把两个字写颠倒了。

老人接着又说:"你造的'重'字,是有千里之远的意思,应该念出远门的'出'字,而你却教人读作重量的'重'字。反过来,两座山合在一起的'出'

字,本该为重量的'重'字,你倒念成了出远门的'出'字。这几个字真叫我难以琢磨,只好来请教你了。"

仓颉听了之后羞愧得无地自容,深知自己因为骄傲铸成了大错。可是这些字他都已经教给各个部落,传遍了天下,现在想改都改不了了。他连忙跪下,痛哭流涕地表示忏悔。

老人拉着仓颉的手,语重心长地说:"仓颉啊,你创造了文字,帮助大家记录各种事物,这是件大好事,世世代代的人都会记住你的。但是你可不能骄傲自大啊!"

从此以后,仓颉每造一个字,总要将字义反复推敲,还拿去征求大家的意见,一点也不敢粗心。大家一致赞同后,才定下来,然后逐渐传到每个部落去。

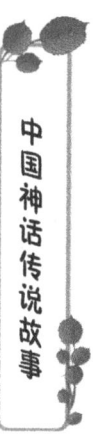

中国神话传说故事

中国神话传说故事

乐神伶伦[①]

自从神农发明了农耕和医药,解决了人们的生存问题后,人们逐渐过上了衣食无忧的生活。随着生活状况的不断改善,人们开始想要寻求更多的生活乐趣,这时音乐和娱乐也随之产生。

然而最初的音乐还只是用一些木棒、竹棍、瓦罐、石器、皮鼓等互相撞击敲打来发出声音而已,这些声音单调、嘈杂,很不和谐。但即使是这样的音乐,也总比没有的好。打仗的时候,敲击几声可以鼓舞士气;获胜的时候,敲敲打打也能表达喜悦;祭祀的时候,沉重的声音能让气氛更加庄严肃穆;平时,还可以随心所欲敲一些声音来娱乐和欣赏。

黄帝统一各部落之后,对这样的音乐很不满意,因为有时候敲出的声音实在太难听了。他希望能够制作一些精美的乐器,演奏出和谐的旋律。于是,他请聪明过人的乐官伶伦来完成这一任务。伶伦接受了黄帝的命令,他挑选出一批有才华的乐师,背上行装,翻山越岭,长途跋涉,来到昆仑山的背面,安营扎寨,准备在那里寻找适合制作乐器的材料。

一开始,大家对材料的选择争论不休。伶伦就让大家根据自己的想法,选取各自喜欢的材料。有人砍来竹竿,有人摘来叶片,有人使用动物的骨头,有人雕琢石块……总之,大家各显其能,造出了一堆稀奇古怪、音调各异的乐器。

伶伦对这些乐器逐一进行比较和鉴别。他认为在众多的乐器中竹管做

[①] 伶伦,读音 línglún,人名,相传他是黄帝当政时的乐官,对音律极有研究,是中国最早的音律家。

的乐器声音清脆悦耳。于是，就让大家去竹林中砍来大量的竹子，挑选出外观笔直内部薄厚均匀的部分，截成竹管，制作成一批竹管乐器。

可是万事开头难，一开始做出的竹管，吹出来的声音根本不成音律。有一次，黄帝正在练习骑马，刚跨上马背，就听见伶伦吹竹管发出的怪叫声。黄帝的马儿被这种怪声吓得双脚腾空、仰头嘶叫，把黄帝从马背上摔下来。伶伦吓坏了，赶快跑过去把黄帝扶起来。黄帝不但没有责怪伶伦，反而安慰他说："这么小的竹管发出的声音居然能把我的马吓惊，可见很不简单，将来一定能吹出好听的音律来。"伶伦深感惭愧地对黄帝说："我没能完成任务已是很大的罪过了，您还这样鼓励我，为臣受之有愧。"黄帝又安慰了伶伦几句说："一根普通的竹子上面钻了几个小孔就能吹响，这已经是很大的功劳了，怎么能说是罪过呢？"说完牵着马走了。

在黄帝的鼓励之下，伶伦信心倍增，整天对着竹管仔细研究。经过反复试验和思索，伶伦发现不同长短和不同粗细的竹管，发出的声音是各不相同的。他想，如果用一系列长短不一粗细不同的竹管制成一套乐器，演奏时互相配合，声音不就变得丰富多彩了吗？伶伦反复验证自己的想法，终于制造了一套由十二根竹管组成的乐器。

新的乐器制作好了，可是如何确定它的乐律，也就是每个音的高度呢？有一天，伶伦独自一个人跑到山林里，躺在一块大石头上冥思苦想。可能是因为实在太累了，他竟然不知不觉就睡着了。他睡得正香，忽然被一阵美妙的鸟叫声唤醒。伶伦一骨碌坐起来，揉了揉蒙眬的睡眼，抬头一看，只见树上两只美丽的鸟儿正在欢快地叫着。那叫声婉转悠扬，十分动听。伶伦侧着耳朵认真倾听，听着听着就情不自禁地拿起自制的竹管，模仿鸟的叫声吹了起来。正吹得起劲时，两只鸟儿突然停住叫声，展翅飞走了。伶伦急得直跺脚，可是鸟儿已经飞得无踪无影了。

伶伦回去后把此事禀告黄帝，并把他在山林里跟随鸟叫声吹出的声音吹奏给黄帝听。黄帝听了高兴地说："这种鸟叫凤凰，它可是百鸟之王。你遇见了凤凰，这可是吉祥之兆啊。"

从此，伶伦每天都到山林里去，坐在大石头上专心等待凤凰再来鸣叫。果然，这片山林里时常会有凤凰飞来栖息。每次听见凤凰鸣叫，伶伦就认真

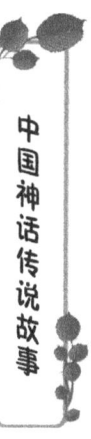

地观察、揣摩①、推敲,最终创制出音乐的十二个音律。在此之后,伶伦又认真地观察和记录各种飞禽走兽的叫声,不断地丰富他所创制的音律。

黄帝十分满意伶伦的工作,封他为最高乐官,负责管理乐器的制造以及乐曲的创作和演奏。伶伦也没有辜负黄帝的期望,又铸造出铜钟等新的乐器并创作了很多优美的乐曲。

伶伦是古代音乐的创造者和奠基人。在他的努力下,创制出各种乐器和乐曲,丰富了人们的生活。从此,人们可以用音乐来表达自己的喜怒哀乐,生活也不再单调乏味。

---

① 揣摩,读音 chuǎimó,指悉心探求。

龙的来历

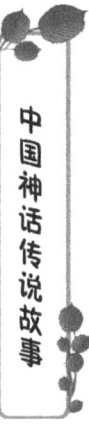

相传,黄帝先后经历了七十二场恶战才打败了蚩尤,统一了各个大小部落,最终成为部落联盟的首领。黄帝统一各部落之后打算制定一个统一的图腾。

一开始,黄帝手下的谋臣都觉得没有必要再创造新的图腾,黄帝既然统一了各个部落,功德无量,就应该沿用黄帝部落的图腾来作为部落联盟的图腾。黄帝说:"千万不能这样做。既然各大小部落都拥戴我为尊长,我怎么能辜负大家对我的厚望,独断专行,以大欺小,以强欺弱呢?"接着黄帝又说:"以前蚩尤就是因为欺凌压榨兄弟部落才被我们推翻的,如今我们可千万不能再重蹈他的覆辙。"黄帝叫他的史官仓颉来通知各个大大小小的部落,把他们原来使用的图腾全部献出来,再命令每个部落选派一名代表到黄帝的宫殿,一起商议制定新的图腾。

结果,各个大小部落都送来了本部落原先使用过的图腾。仓颉一下子就收到了好几百个。其中有蟒蛇、雄鹰、老虎、大象、鱼、羊、狗、马等各种各样的动物图腾,也有花草树木、日月星辰、山川河流等不同类别的图腾。这下可把黄帝难住了。这么多的图腾究竟怎么选择呢?黄帝一时间拿不定主意,就召集身边的谋臣前来共同商议。众人在大殿上各抒己见,你一言我一语,有人主张用这个图腾,有人又觉得用那个图腾更恰当,谁也说服不了谁。最终依然没有定论。

仓颉着急地说:"黄帝不必如此费心,不就是一个图腾嘛,随便选一个就行了,何必这样麻烦。"黄帝耐心地说:"各个部落都才刚安定下来,此时我们

做任何事情都应该要谨慎,绝对不能草率。图腾的选择需要兼顾原来各大小部落,不然就会有再次分裂的可能。"众谋臣听了黄帝的话,都觉得很有道理,连连称赞。

　　为了制定新图腾的事,黄帝接连好几个晚上没有睡好觉。有一天夜里,忽然下起了暴雨,电闪雷鸣。一道闪电划破夜空,画出了一条明亮的光线,紧接着传来"咔嚓"一声雷响,在这电闪雷鸣的瞬间,有一个似蛇非蛇的怪异图像出现在黄帝眼前。黄帝对这个图像印象深刻。第二天一早,他就命人叫来仓颉和风后,把昨夜看到的图像向仓颉和风后描述了一遍。

　　然后,黄帝指着各大小部落的图腾说:"我看为了照顾各个部落的情绪,做到公平、合理,咱们可以从每个部落的图腾中选取最具特色的一个部分,然后组合在一起,构成一个与众不同的新图腾。"新图腾绘制出来以后长得怪模怪样的,在现实生活中根本找不到任何跟它相像的事物。那么这个图腾究竟应该叫个什么名字呢? 仓颉说:"这个图腾独一无二,与众不同,谁也无法伪造。我想,咱们就称它为'龙'吧!"黄帝捋着胡须,轻轻踏着步子,仔细地琢磨了半天,然后果断地说:"好! 就叫'龙'。"从此以后,龙就成为中华民族的象征,一直延续到今天。

龙生九子

龙王一共生了九个儿子,可奇怪的是这九个儿子的模样都长得各不相同,并且性格差异也很大。龙王见他们都已经长大成人了,还整日贪玩,游手好闲的,于是就想给他们每人安排一个职位,让他们有事可做。但是他并不清楚每个孩子都适合做什么样的工作,所以龙王决定先暗中考察一番,再根据他们的性格和能力安排适合他们的工作。于是他乔装打扮成一个老人的模样开始进行私访。

龙王离开龙宫之后,首先来到长子赑屃①的住处。他悄悄地溜进赑屃的院子,看到赑屃正独自一人在院中用头顶着一块巨大的石头在练力气。他虽然已经练得汗流浃背了,但仍然继续坚持练功。龙王看了,心想这孩子气力非凡,能够负重耐劳,心里挺高兴,随即走出了院子。

龙王接着来到次子螭吻②的家。还没有到他家门口呢,远远地就看见螭吻站在房顶上东张西望,举目远眺。龙王心想,原来这孩子喜欢登高望远。

于是,他转身去往三儿子蒲牢③的家。结果才走到半路,就听见蒲牢吼叫的声音。龙王心想他的声音如此洪亮,震耳欲聋,要给他一个适合他声音的差事才好。

龙王继续前往四儿子狴犴④的家,他透过窗户,看见狴犴正在与人高谈

---

① 赑屃,读音 bìxì,名字。
② 螭吻,读音 chīwěn,名字。
③ 蒲牢,读音 púláo,名字。
④ 狴犴,读音 bì'àn,名字。

阔论。他讲得头头是道,在座的人都听得津津有味,没人能够反驳他。龙王觉得这个儿子不仅外貌长得威武,还擅长辩论,心中已经想好如何安排他了。

接着,龙王向五儿子饕餮①家走去,一路上他看见不少人肩上挑着各种各样的食物在匆匆赶路,龙王一问,原来这些食物都是要送到饕餮家里去的,他就知道了这个孩子特别贪吃,喜欢各种美食,将来应该给他安排一个跟饮食有关的职务。

他又掉头去看六儿子蚣蝮②,刚走到蚣蝮家前面的河边,就看到蚣蝮正在河中嬉戏。他在水中来去自如,还调皮地时而抬起头来喷吐水雾,时而潜入水中自由地翻滚。龙王见他喜欢水,心中也做好了打算。

然后龙王向七儿子睚眦③家走去,离他家还有十几里路呢,就已经看不见一户人家了,四周静悄悄的,连树叶落下的声音都听得到。偶然遇到一个行人,只见他神色十分慌张,匆匆忙忙地赶路。龙王拦住那个行人一问,那人说:"龙王的七王子脾气暴躁,动不动就大打出手,谁都不敢靠近他。我劝你也不要再往前走了,赶紧躲远点儿吧!"龙王听了心中也有了打算。此时他想起八儿子狻猊④,虽然相貌长得凶恶,但是性格却很温和,正好跟老七相反。

最后,龙王去看幼子椒图⑤。只见椒图家的围墙比平常人家要高出很多,家门外老远就立着告示牌,不许闲人走近。原来这个儿子性格比较孤僻,不喜欢和别人交往。

龙王调查清楚九个儿子的品性之后,返回龙宫,召集九个孩子前来见面。龙王对他们说:"你们九个都已经成年,我现在就给你们分派职务:赑屃性格沉稳,擅长负重,今后就专门负责驮负天下的石碑;螭吻喜欢登高望远,今后就在屋脊的两端负责看守;蒲牢声音洪亮,可以做钟上的纽;狴犴容貌

---

① 饕餮,读音 tāotiè,名字。
② 蚣蝮,读音 gōngfù,名字。
③ 睚眦,读音 yázì,名字。
④ 狻猊,读音 suānní,名字。
⑤ 椒图,读音 jiāotú,名字。

威武,擅长议论,担当监狱门上的装饰;饕餮贪吃,就做碗盘上面的图饰吧,还能经常沾点油水;蚣蝮喜欢嬉水,今后就专门在桥栏上驻守吧;睚眦杀气重,专门负责看守刀剑之类的兵器;狻猊性情温顺,就去看守香炉和在佛座下侍候;椒图性格安静,不喜欢被人打扰,最适合把守宫殿和庙宇。"

从此,龙王的九个儿子就一直担当着上述职务。人间所见到的石碑下的大龟其实不是龟,是龙王的长子赑屃。屋脊上的龙,是龙王的次子螭吻。古钟上的兽纽是龙三子蒲牢。监狱门上的装饰是龙四子狴犴。古鼎上的图形是龙五子饕餮。古桥栏上的石狮子是龙六子蚣蝮。刀剑上的图形是龙七子睚眦。香炉上和佛座下的异兽是龙八子狻猊。宫殿、庙宇大门上衔环的兽,就是龙九子椒图。老百姓们常说的"龙生九子,子子不同",指的就是这件事。

百鸟朝凤

在很久很久以前,凤凰还没有成为百鸟之王。那时,它还只是鸟群中一只特别不起眼的小鸟,不仅长得没有现在这么漂亮,而且相貌还有些奇怪。它的个头比大多数鸟类都要大一些,但是身上的羽毛却很稀少,尾巴上更是光秃秃的,一根羽毛都没有。其实长得丑也没什么,只要本领高强也不错。可凤凰却真的是又丑又笨,甚至连鸟类最起码的飞行本领都不太会。

森林里的小鸟们见到凤凰又丑又笨的样子,都很看不起它,它们不仅不愿意理睬它,还经常拿它取笑。有一次,骄傲的孔雀迈着步子从凤凰的身边经过,它轻蔑地瞟了凤凰一眼,傲慢地张开它那五彩的尾巴,嘲笑凤凰说:"你的尾巴怎么光秃秃的呀?像没穿衣服一样!真是只怪鸟。"一只雄鹰展开宽大的翅膀从凤凰头顶掠过,笑着说:"哈哈,我都不敢想象,我们鸟族中竟然会有你这种笨鸟,连飞都不会,笨死了。"

虽然经常遭到大家的嘲笑,凤凰却并不放在心上。它没有因为自己长得丑或者本领差而气馁,反而非常勤劳,从不贪玩。每天早晨,天刚蒙蒙亮,其他鸟儿都还在呼呼大睡的时候,凤凰就已经早早地起床了。它把自己收拾得干干净净,然后就到森林里练习飞翔。它还非常善于开动脑筋。它想吃树上的果子,但是又飞不到树上去,怎么办呢?它想到了一个聪明的办法,就是给大树挠痒痒。大树身上一痒,就会一边哈哈大笑一边晃动自己的身体,果子就被晃下来了。这样,即使飞不到树上也能吃到果子。大树被它挠得很舒服,自然也不生它的气。除此之外,凤凰还有一个习惯,就是喜欢收集果实。它把自己找到的和大家不要的果实全都一颗颗收集起来,藏在洞中。其他小鸟看见了，都理解不了凤凰的行为，它们都嘲笑凤凰太贪心，然后摇摇头，纷纷离开了。尽管鸟儿们都嘲笑它，但是凤凰依旧每天快乐地收集着果实。

转眼到了第二年，谁也没有想到，这一年夏天森林里竟然遭遇了大旱。一连很久都没有下过一滴雨了，树木逐渐干枯，河里的水也全都干涸了，鸟儿们再也没法无忧无虑地生活，它们不得不四处去寻找食物，可是所有的果实都已经干瘪了，根本找不到吃的东西。鸟儿们饿得头昏眼花，眼看就快支撑不下去了。就在大家都很绝望的时候，凤凰急忙打开了自己的家门，把多年来辛苦积攒的干果和果汁都拿出来分给大家。

在凤凰的帮助下，鸟儿们终于顺利地度过了这场罕见的旱灾。姗姗来迟的雨水让森林又恢复了勃勃生机，而鸟儿们自然也不会忘了凤凰的救命之恩。为了表示感谢，鸟儿们都将自己身上最漂亮的一根羽毛拔下来，汇集在一起，制成一件光彩夺目的百鸟衣送给凤凰，并推举它为百鸟之王。从此，凤凰变成了鸟群中最美丽的一只鸟儿。每到凤凰生日这天，四面八方的鸟儿都会飞来向它祝贺，感谢凤凰的救命之恩。

天女散花

盘古有两个儿子和一个女儿。他开天辟地之后用头顶着天、脚蹬着地，无暇分身，就让三个孩子来帮忙打理天地间的各种事物。他把天上的事物交给大儿子负责，人称玉帝；把地上的事物交给二儿子管理，人称黄帝；他的女儿就负责管理百花，成为花神。

盘古开天辟地的时候因为用力过猛，伤了五脏六腑。后来为了把天地固定住，他又用自己的身体支撑在天地之间，最终累死了。临死之前，他把女儿叫到跟前，拿出一包种子，递给她说："这是一包百花种子，交给你了。你往西走二万二千二百二十二里，那里有一座净土山，你在那里取一些净土回来，摊在天石上，再把这百花种子种在净土里。然后你再往东走四万四千四百四十四里，在太阳洗澡的地方，那里有一潭真水，不会蒸发，你用真水来浇灌百花种子，种子就会破土发芽。你再往南走六万六千六百六十六里，那里有一潭善水，你用善水来喷洒花苗，花苗就会茁壮成长，结出花骨朵。最后，你再往北走八万八千八百八十八里，那里有一潭美水，你用美水来滋润花骨朵，就能开出百样的花朵。待将来百花盛开的时候，你就用这些绚丽的花朵来给你的大哥点缀天庭，给你二哥的山河增添色彩吧。"盘古说完，就死了。

花神按照父亲的嘱咐，取来净土种下了种子，再分别去东、南、北三地取来真、善、美三种水，精心培育百花。果然，没过多久，百花种子就破土发芽，茁壮成长，开出了各式各样美丽的花朵。百花齐放，争奇斗艳，真是好看极了。她高兴地去邀请玉帝前来赏花，玉帝看到百花争艳的景象也分外开心，激动地说:"多谢妹妹辛勤栽种,培育出如此绚丽的鲜花,把天庭装点成了百花园。"

花神说:"当初父亲开天辟地,让大哥管理天庭,让二哥管理大地,让我为你们栽种百花。如今,我遵照父亲的托付种出了百花,我想请大哥助我一臂之力,把这些美丽的百花撒向人间。"

玉帝听完后,立即召来一百名仙女,对她们说:"我封你们为百花仙子,受花神管辖。你们可以根据自己的喜好每人采摘一种花。采了牡丹花的就封为牡丹仙子,采了荷花的就是荷花仙子。你们把采摘来的花朵都撒向人间。"

百花仙子们接到旨意后,就提着花篮,前往百花园中,采摘各自喜爱的鲜花。才一会儿工夫,花篮就装满了。她们用手抓起花篮里的鲜花,纷纷撒向人间。这些鲜花随风飘落,落地生根。从此,人间遍地开满了各种各样、五颜六色的花朵。

"年"的来历

春节是中国人的传统节日,春节的另一个称呼叫作"过年"。每到过年的时候,家家户户都要贴春联,放鞭炮。与亲朋好友见面要互相问候。这些习俗是从何而来的呢?

古时候人们说"过年"其实是指祝贺大家逃过了"年"的吞噬①的意思。在远古的时候,"年"是一种体型巨大并且凶猛异常的野兽,个头比大象还要大,奔跑起来速度比风还要快,吼叫声比雷声还响亮。它的头上长着像树枝的枝丫一样的两个角,青面獠牙,血盆大嘴,样子极其恐怖,并且见人吃人,见到动物就吃动物。那时候,它才是百兽之王,无论走到哪里都是横行无忌,什么老虎、狮子、大象之类的都不是它的对手,更别说身材瘦小的人了。它所到之处,生灵涂炭,尸体遍地。因此,人们都很忌惮它。负责造字的仓颉曾经看见过它,觉得它的样子跟牛有些相似,就造了个跟牛字差不多的汉字来表示这种凶猛的动物,就是"年"字。

黄帝建立部落联盟之后,带领各个部落的人们一齐抵御各种自然灾害。为了彻底消除"年"对人们造成的威胁,黄帝召集群臣共同商议对付"年"的办法。大家各抒己见,有人主张搬迁,有人主张擒杀。最后大家都一致赞同把它彻底消灭,以绝后患。于是,当严冬来临的时候,各部落都选派身强力壮的勇士组成一支数百人的队伍去捕杀"年"兽。在大家的共同努力下,"年"越来越少,成群结队的"年"已经再也看不到了。最后,就只剩下一个"年"了。

---

① 吞噬,读音 tūnshì,指整个地吞下去。

最后一个"年"看到同伴们相继被捕杀,吓得仓皇逃进深山里躲起来,不敢再出来。可是,渐渐地,躲的时间久了,"年"的肚子也饿得咕咕叫。它又偷偷地跑回人群居住的地方,躲在暗处寻找机会觅食。这时候的人们以为"年"都已经被彻底消灭干净,自然就放松了警惕,解散了捕捉"年"兽的队伍,回归到日常的生活。

在一个寒冷的冬夜,饿极了的"年"瞅准机会,就跑出来吃人伤畜。一开始,人们都没有防备,"年"的出现把大家都吓坏了,不知道如何应对。恰巧,当它走进一户人家要吃人的时候,看见了一堆竹子在跳动的火光中熊熊燃烧,还时不时地发出一阵阵噼里啪啦的声响,吓得它撒腿就跑。它或许是因为害怕火光,又或许是害怕那噼里啪啦的声响,所以吓得又躲回深山里了!

从此,人们就知道了"年"害怕火光和响声。所以,每到"年"出现的这一天,人们就早早地准备好一堆一堆的干柴。到了黄昏,便点起火堆,让大火熊熊地燃烧着。人们还不时地在火堆里放上一根根的竹子,竹子一爆裂,就会发出噼里啪啦的爆破声。"年"是最怕这两样东西的,一见到火光和一听到声响,就赶快逃走了。

后来,每到"年"出现的那天,家家户户就要燃放鞭炮,燃起篝火,还要在门头上张贴红色的春联,为的是吓跑"年",到了晚上还要"守岁"烤火至深夜,确定"年"没有来骚扰,才可以放心地睡觉。第二天早上,大家如果都相安无事,便相互祝贺!这就是"过年"的来历。

中国神话传说故事

十二生肖的故事

据说,古时候人们是没有生肖的。后来天上的玉帝想要挑选十二种动物当侍卫值守天宫,每日轮换一次。传说天上的一日等于地上的一年,为了方便记忆,地上的人们便把玉帝挑选出的十二个轮守的动物作为十二个年兽。人出生时是哪个年兽在值守就属哪个生肖。从此,人间便有了十二生肖。

但是十二生肖究竟是怎么挑选出来的呢?在众多的动物中只挑选十二个,确实很难。玉帝左思右想,最后想出了一个好办法。他颁布了一道旨意:来年正月初一的早上,所有动物都要到神庙拜年,那么到得最早的十二名就封为十二神兽。

那个时候,猫和老鼠既是邻居又是好朋友,它们都想去竞选神兽。猫说:"初一一大早就得起来去神庙,可是我爱睡懒觉,起不来怎么办呢?"老鼠说:"别急,别急,你就安心地睡吧,我一醒来就去叫你,咱们一块儿去。"猫听了之后很高兴,说:"你真够朋友,谢谢你。"于是蒙头酣睡①起来。初一早上,老鼠一大早就出门了,可是它光顾着自己赶路,早就把叫猫起床的事情给忘记了。

老鼠在半路上碰见了牛。牛向来都很勤奋,它知道自己动作慢,所以除夕夜干脆就不睡觉,天都还没亮就迈着稳健的步伐出发了。老鼠心想:"反正路还远着呢,就让牛带我一程吧。"于是,它偷偷爬进了牛的耳朵里。牛并

---

① 酣睡,读音 hānshuì,指熟睡。

没有觉察到老鼠藏进了自己的耳朵里,仍旧一刻不停地向前走着。它走到神庙的时候时间还早,庙门都还没开,其他的动物也都还没有到。牛很得意,觉得自己肯定是第一名了。可是,就在庙门打开的一瞬间,老鼠突然从牛身上跳进门内,大声喊道:"我是第一名!"可怜的老牛还没来得及搞清楚状况,就稀里糊涂地跟着老鼠喊:"那——我就是第二名吧。"就这样老鼠当了十二生肖的第一,牛排在了第二。

随后,其他的动物们也争先恐后地赶来了。老虎第三个踏进了神庙,排在了第三;兔子也到了,排第四;龙来得有点晚,挤在动物群里探头张望,幸亏它的个子大,玉皇大帝一眼就看到了它,还发现它头上长了一对犄角①,特别漂亮,就让它排在第五。

原来龙以前是没有犄角的。龙天生就长得威武,浑身有闪亮的鳞甲,但是美中不足的就是它的头上光秃秃的。它想:如果我能有一对美丽的角,那该有多好啊!想来想去,它就决定要去借一对角来戴上。

正巧!它刚从水潭里钻出来的时候,就看见一只大公鸡正昂首挺胸地在岸边走着。那时候,公鸡的头上是有一对大角的。龙见到公鸡顿时高兴极了,连忙过去打招呼:"鸡公公,你好!明天我要去竞选年兽,你能把角借我戴一下吗?"大公鸡回答说:"哎呀!真对不起,明天我也要去参加竞选呢!"龙说:"鸡公公,你的头太小了,戴着这么一对大角,实在很不相称。还不如借给我戴吧!你看我这个光头,正好缺少一对像你这样的角啊!"正说着,从石头缝里钻出来一条蜈蚣。蜈蚣很爱管闲事。它听了龙的话,插嘴说:"鸡公公!你就把角借给龙哥哥用一下吧。如果你不放心,我可以来做担保,怎么样?"大公鸡想了想,觉得自己就算没有这对角,也够漂亮了,就答应由蜈蚣做担保,把角借给了龙。

玉帝见龙长了犄角实在是太漂亮了,就对龙说让它的儿子排第六。可是龙很失望,因为它的儿子今天没有来。这时,后面的蛇跑了出来说:"它是我的干爹,我排第六!我排第六!"蛇就这么排了第六。

马和羊也到了,它们两个都非常有礼貌,彼此谦让了半天,玉帝看了十

---

① 犄角,读音 jī jiǎo,指动物的角。

分满意,就让它们排了第七和第八;猴子本来排三十几的,可是它凭着自己会攀爬跳跃的本领,几下就蹿到了队伍前面,排到了第九;接着鸡、狗、猪也纷纷被选上。

猫一觉醒来发现老鼠已经不见了,就急匆匆地赶往神庙。等它到神庙的时候庙里空无一人,猫就笑着说:"哈哈,今天我排第一了。"这时候庙神对猫说:"你来晚了,现在已经是正月初二了。"猫气得胡子都翘了起来,大声嚷道:"老鼠,我绝对不会放过你!"从那以后老鼠和猫就成了冤家。

大公鸡虽然选上了十二生肖,但是一点儿也高兴不起来,因为它排在了龙的后面。它想:"龙能排在我前面,肯定和那对角有关系。"它决定去把角要回来。大公鸡走到清水潭边,看见龙正在欢快地游水,就很有礼貌地对龙说:"请你把角还给我吧!"龙一听不乐意了,自从有了这对犄角,龙觉得自己更漂亮了,还赢得了玉帝的赞赏,所以它怎么舍得把角还给大公鸡呢?于是它对大公鸡说:"哎呀,鸡公公!你要角做什么呢?说实在的,你没有角,看起来比长着角更美丽。可是对我说来,一对角是多么重要啊!"大公鸡听了,很不高兴地说:"不管你多么需要这对角,可是借了别人的东西总是要还的呀!"龙一时答不上来。它沉吟了一下,忽然很有礼貌地对大公鸡鞠了一个躬,说:"对不起,鸡公公!现在我要休息去了。这件事,我们以后再谈吧!"说完,不等大公鸡回话,就一下子钻到水底下去了。大公鸡又气又恨,拍着翅膀,在清水潭边拼命地叫喊。可是龙躲在潭底睡大觉,理也不理。

大公鸡叫喊了半天,嗓子也叫哑了,力气也没了。它想来想去决定去找蜈蚣。它在石头缝里找到蜈蚣,把事情的经过一五一十地说了一遍,最后说:"蜈蚣,你是担保人,这件事你不能不管。"蜈蚣抬着头想了半天,慢吞吞地说:"我想龙哥哥会把角还给你的。但是,如果它真的不肯还,我也没有办法。我当初没想到龙哥哥会不讲信用。再说大家都知道,龙躲在水里,叫我怎么去找它呢?"大公鸡气得满面通红,它伸长了脖子,一口啄住蜈蚣的脑袋,甩了几下,就把蜈蚣吞到肚子里去了。

从那时起,每到夏天,我们就常常看见公鸡在院子里啄蜈蚣吃。并且每天天一亮,大公鸡就想起了它失去的角,总要放开喉咙大叫几声:"龙哥哥,还我角……"

天神少昊[①]

少昊是远古时代羲和部落的后代。从伏羲祖师到少昊的羲和部落,一直是中国古代早期华夏文化的主要组成部分。其中羲和文化是中华文化的主要源泉,为早期中华文明奠定了坚实的基础。少昊不仅是羲和部落的首领,同时还是部落联盟的首领,被后人尊为祖先神帝。

少昊还有一个称号叫作"穷桑氏",那是因为他的母亲皇娥每天在天宫中用五色的丝线织布,常常织到深夜还不休息。有一天,皇娥织布织得有些累了,就乘着木筏,到西海之滨的一颗大桑树下休憩、玩耍。这棵树名叫"穷桑树",树高数万丈,,根深蒂固,枝繁叶茂,叶子是红的,果实是紫色的。据说,这棵树一万年才结一次果实,吃了这棵树上的果实,寿命就会和天一样长久。在这棵高大的穷桑树下,皇娥偶然遇见了一位英俊潇洒的翩翩少年。据说这位少年是掌管西方的白帝之子。皇娥与他一见如故,二人共同乘坐木筏在西海中漂荡,一路上少年抚琴弹奏,皇娥随着琴声欢快地吟唱。他们二人在琴声和歌声中相互倾诉爱慕之情,从此结为夫妻并生下了他们的爱情结晶——少昊。

少昊出生的时候,天空中出现了五只颜色各异的凤凰,飞落在他家的院子里。因此,他从小就对鸟类有着特殊的感情。由于父母都是天上的神仙,少昊从小就具有神奇的禀赋[②]和超凡的本领。再加上父母对他的精心培育,他长大以后博学广识、聪慧敏捷,被推举为本部落的首领,后来又成为整个

---

① 少昊,读音 shàohào,人名。
② 禀赋,读音 bǐngfù,指人所具有的智力、体魄、性格、能力等素质或者天赋。

部落联盟的首领。

他在东海之滨建立了一个国家,这个国家以凤凰为图腾,全国上下所有事物均由各种各样的鸟儿来负责管理。凤凰总管所有的鸟类,根据不同鸟类的特点对它们进行分工。其中燕子掌管春天,喜鹊掌管夏天,鹦鹉掌管秋天,锦鸡掌管冬天。又安排了五种鸟来管理日常事务。孝顺的鹁鸪①掌管教育,凶猛的鸷鸟②掌管军事,公平的布谷鸟掌管建筑,威严的雄鹰掌管法律,善辩的斑鸠掌管言论。此外,还安排了九种扈鸟③掌管农业,使人民不至于荒废了田地;五种野鸡分别掌管木工、漆工、陶工、染工、皮工五个工种。总之,各种各样的鸟儿都各尽其能,各司其职。因此,一到开会的时间就能听到百鸟齐鸣,莺歌燕语,热闹非凡。而作为一国之君的少昊就根据诸鸟的汇报来处理各种大小事务,一切都显得那么井井有条。

少昊建立的国家以凤凰为图腾,并且以凤凰为百鸟之首,总管所有鸟类,因此,凤凰也就成为少昊国的象征,有关凤凰的文化在当时得以繁荣。凤文化也是中国传统文化的重要组成部分。中华民族不仅是龙的传人,还

---

① 鹁鸪,读音 bógū,小鸟的一种,羽毛黑褐色;天要下雨或刚晴的时候,常在树上咕咕地叫。
② 鸷鸟,读音 zhìniǎo,一种凶猛的鸟类。
③ 扈鸟,读音 hùniǎo,小鸟的一种,样子像野鸡。

有着丰富的有关凤凰的传说。在许多中国古代的传说故事和文化习俗中，龙和凤经常都是成对出现的。

天帝颛顼[1]

颛顼是黄帝的孙子,也是上古五帝之一。他的父亲名叫昌意,是黄帝的二儿子。相传昌意本来是黄帝的继承人,但是由于才德低下,没有能力继承帝位,就被降职到若水去做了诸侯。昌意到若水后,娶了蜀山氏的女儿为妻,在若水生下了颛顼。

颛顼的长相十分奇特:修长的脖子,小小的耳朵,猪的嘴巴,麒麟[2]的躯干,而且两条腿是连在一起的。他的相貌和他父亲长得很像。尽管相貌奇特,颛顼却非常聪明能干。

颛顼长大以后,做了掌管北方的天帝,和他的属下海神禺强[3]一起共同掌管着白雪皑皑、天寒地冻的北方原野。后来黄帝的年纪逐渐增高,没有精力管理所有的事务。他见颛顼非常有才干,把北方天地管理得井井有条,所以他有时候就会让颛顼来帮助自己打理朝政。就这样过了很多年,黄帝年迈,他就干脆把中央天帝的位置也传给了颛顼,自己去了一处较为清静的地方休养,安度晚年。

颛顼当上了中央天帝以后,自然是新官上任三把火,进行了一系列的改革。他首先就想到了蚩尤下凡与黄帝大战的事情。为了防止类似的事件再次发生,颛顼总结了蚩尤叛乱的教训,决定隔绝天地的通道,阻隔人和神之

---

① 颛顼,读音 zhuānxū,是人的名字。
② 麒麟,读音 qílín,中国古代传说中的一种动物。形状像鹿,头上有角,全身有鳞甲,尾像牛尾。
③ 禺强,读音 yúqiáng,是人的名字。

间的往来。

　　自从盘古开天辟地以来,虽然将天和地彻底地分开了,天和地相距九万里,遥遥相望,可是人们还是可以沿着一座天梯一步一步地登上天,天上的神仙也可以顺着天梯下到人间。尽管沿着天梯登上天空困难重重,但是地上的人们都渴望能够到天上去看一看,要是机缘巧合能变成神仙岂不是更好,因此时常有人尝试去爬天梯。正是有了天梯的存在,神仙可以随便到地上来,人也可以有机会到天上去,天上和人间也就有了来往。并且神和人的语言是可以相通的,可以互相交流。后来由于天梯上下方便,天上的恶神蚩尤才有机会偷偷跑到下方来造反作乱。黄帝为了保护善良的人民,便和蚩尤展开了一场规模宏大、历时长久的战斗。虽然最终的结果是黄帝获胜,但是黄帝部落在这场战争中却也损失惨重、大伤元气。

　　由于有了这个前车之鉴,颛顼决定要从蚩尤的变乱中吸取教训。他认为天地之间如果不分清楚界线,任由人和神随意地自由来往,必然是弊①多利少。于是颛顼派了重和黎两位大神去把天地间的通路隔断,让凡人再也上不了天,让神仙也不能再随便到凡间去了。

　　两位大神遵照颛顼的旨意,先是斩断了连接天地之间的天梯。再用他

---

① 弊,读音 bì,指害处、不好的方面。

们巨大无比的手,由重负责托着天,尽力往上举;由黎抚着地,尽量往下按,两个人一个用力举,一个使劲按。这样一来,天就渐渐地往上升得更高,地也降得越来越低,天地之间的距离从此分得更开了。天和地之间的通道被隔断之后,颛顼就命令大神重负责管理天,大神黎负责管理地。这样,地上的人们再也无法上天,天上的神仙如果没有得到允许,也不能随便下到人间。

天和地被隔绝以后,神与人无法再轻易接触,天上和人间都各行其道。不过,有时天上的神仙还是会偶尔私下凡间,但地上的人却再也上不去天了,人和神之间的距离从此拉开。

帝喾① 高辛

  帝喾是少昊的孙子,颛顼的侄子。因为他出生在高辛这个地方,所以也经常被称为高辛帝喾,或者帝喾高辛。

  帝喾天生就异于常人。据说,他一生下来就会说话,并且能说出自己的名字。他的相貌更是奇特异常,头长得像鸟,可是又多了两只像山羊一样的角;身子非常瘦小,跟猴子差不多,浑身还长满了毛。最让人意想不到的是他只有一只脚,要拄着拐杖才能走路。但是,帝喾却很聪明,十二三岁的时候就已经有了盛名。十五岁开始辅佐叔父颛顼处理政务。等到他三十岁时,叔父颛顼去世,他就继承了颛顼的帝位,当上了帝王。

  帝喾很喜欢跟一种五彩鸟交朋友。这种五彩鸟的体态像鸡,身上长满了色彩斑斓的羽毛。它们不吃人间的食物,喜欢自己一边唱歌一边跳舞。只要这种五色鸟一出现在人间,天下就会太平无事。或许是因为这些五彩鸟儿认为帝喾长着一颗鸟头,和它们是同类的缘故吧,它们跟帝喾交上了朋友,并时常飞来围着他跳舞。所以,帝喾时期很少有战事,天下太平,人民安居乐业。

  帝喾一共有三个妻子,其中的一个是太阳神羲和。太阳神羲和跟帝喾一共生了十个儿子,他们就是天上的十个太阳。每天,羲和都会带着她的十个孩子去东边的东海里洗澡。他们洗澡的地方叫作汤谷,因为十个太阳每天在这里洗澡,把这里的水都给洗烫了。在离汤谷不远的地方有一棵高耸

---

① 帝喾,读音 dìkù,传说中的古代帝王的名字。

入云的大树。十个太阳每天洗完澡后就会爬到树上去玩,但是每次只能有一个孩子可以到树的最顶端,其余的孩子只能待在较低的树枝上玩。不过这十个太阳有些顽皮,有一次他们十个一起爬上树梢,同时出现在天空中,结果被神箭手后羿射落了九个,只留下了一个太阳在天空中。

帝喾的第二个妻子是月亮神常羲。她跟帝喾一共生了十二个漂亮的女儿。她们的性情十分温和,并且非常爱干净。她们的妈妈常羲经常带她们到西方一个碧波荡漾的湖里去沐浴。她们很听话,也会快乐地玩耍,而且从不给妈妈惹事。

帝喾的第三个妻子是邹屠氏的女儿。当初,黄帝战胜蚩尤之后,就把天下所有的坏人都流放到了寒冷荒凉的北方。把善良的好人全都搬到了邹屠这个地方,让他们聚居在一起。帝喾的这个妻子就是邹屠氏中最善良的一个人。她走起路来脚从不沾地,总是轻轻地像飘在空中的云彩一样,很恬静地来回飘动。她嫁给帝喾之后,时常会做很奇怪的梦,每次梦到的都是同样的内容,并且每次做完梦之后就会生下一个儿子。一连做了八个梦,就生下了八个神奇的儿子。这八个儿子,从出生时起就精通音律,擅长奏乐。他们长大之后,成了天上的八个乐神。

帝喾还有这样两个儿子,阏伯①和实沉。这两兄弟十分不和睦,只要一见面,无缘无故就大打出手,并且每次都打得头破血流,非要拼个你死我活。不管帝喾怎样劝说教育都没有用,他们仍然我行我素,把父亲的话当成耳边风。帝喾为此伤透了脑筋,却没有任何办法,最后不得不把他们分开。传说帝喾能够操纵日月星辰,他把阏伯派往商丘,让他主管东方的"商"这颗星星,又派实沉到西边的大夏去管理西边天空的"参"这颗星星。"商"与"参"在天空中正好遥遥相对,一个升起来的时候,另外一个就落下去了。他们此起彼落,再也不能见面,也就再也不会争吵了。

传说在帝喾之前,人们只知道日出而作,日落而息,不知道一年有四季。帝喾教人们划分四时节令,指导人们根据季节变化,按照节令从事农业生产,极大地提高了生产力。在他的治理下社会富足,人民安居乐业,因此他深受百姓的爱戴。

---

① 阏伯,读音 yānbó,古代人名。

后羿[1]射日

相传在很久之前,天上一共有十个太阳,它们都是天帝的儿子。十个太阳居住在东海边上,它们经常到东海去洗澡。洗完澡后,它们就像小鸟一样栖息在一棵大树上。十个太阳中每天有一个太阳轮流着栖息在树梢上,其余九个则栖息在较矮的树枝上。当黎明来临的时候,栖息在树梢上的太阳就坐上四轮马车,穿越天空,把光明和热量洒遍大地的每个角落。它们每天一换,轮流值班。人们也跟着太阳的脚步日出而作,日落而息,生活过得既美满又幸福。

可是,这样的日子过得久了,十个太阳就有些厌倦了。他们想:如果能一起周游天空一定很好玩。于是,当黎明再次来临的时候,十个太阳就一起爬上了四轮马车,出现在天空中。这下子,地上的人们和万物就遭殃了。十个太阳像十个大火球一样炙烤着大地。地上的森林着了火,许多动物都被活活烧死。还有些没被烧死的动物们也都四处流窜,疯狂地跑到人群中寻找水和食物;河水干枯了,大海也干涸了,所有的鱼虾都死了,水中的怪物也都爬上了岸;地里的庄稼被烧毁,人们无处觅食,只能被渴死或饿死;还有一些人成了野兽的食物。人类在火海里挣扎着,祈求上苍的拯救。

幸好有一个名叫后羿的年轻人出现了。他是一个神射手,力大无穷、箭法超群。他不忍心看见人们生活在苦难之中,就想要射下多余的九个太阳,帮助人们脱离困境。于是他一路翻山越岭,历经重重磨难,最后来到了东海

---

[1] 后羿,读音 hòuyì,人名。

边的一座大山上。后羿登上山顶,搭箭拉弓,瞄准天上火辣辣的太阳,只听"嗖"的一声,一个太阳被射落了。这下天上还剩九个太阳,它们瞪着红彤彤的眼睛愤怒地盯着后羿。后羿见其余的太阳仍然不肯离去。于是,他继续拉弓射箭,又接连射下了八个太阳。中了箭的太阳一个接一个地落到地上,它们的光和热也随之慢慢地消失了。最后只剩一个太阳还挂在天上,它害怕极了,老老实实地听后羿的吩咐,继续为大地和万物贡献光和热。

从此,这个太阳每天早上按时从东方的海边升起,晚上从西边的山上落下,丝毫不敢怠慢。大地又恢复了原来的面貌,人类也重新过上了安乐的生活。后羿也因此被视为射日英雄,受到了人们的崇敬与爱戴。

后羿射下了九个太阳,让大地不再被十个太阳炙烤,但是被他射下的这些太阳可都是天帝的儿子。天帝怪罪于他,把他和他的妻子嫦娥一起贬到人间。然而在凡间,人们都敬重和爱戴这位射日英雄,并且仰慕他的本领,很多人都想找他拜师学艺。其中有个叫逢蒙①的学徒,他为人奸诈狡猾、心术不正。

后羿被贬到人间后总觉得自己对不起妻子嫦娥,连累她一同被罚。因为神仙可以长生不老,而凡人的寿命却非常短暂。为了让妻子能够长生,他决定去向西王母求取不死灵药。西王母送给他一颗仙丹,并叮嘱说:"这颗药丸只吃一半就可以长生不老,如果全部吃下,便可以飞升成仙。"后羿只想跟妻子一起长生不老,没想过要飞升成仙,所以他回来之后就把仙丹交给嫦娥保管,准备找个良辰吉日和妻子一起服用。嫦娥小心地把仙丹藏进百宝箱里,不料却被逢蒙看到了。逢蒙因此动了坏心思,想把仙药弄到手,让自己能够飞升成仙。

农历八月十五日这天,后羿要带徒弟们外出,逢蒙假装生病留了下来。到了晚上,逢蒙手握着宝剑闯进后院,威逼嫦娥交出仙丹。嫦娥不愿意将仙丹交给这个狂徒,可是又打不过他,情急之下只得取出仙丹自己一口吞下。

嫦娥吞下仙丹后,感觉身体越来越轻,脚尖逐渐脱离地面飞了起来,并且越飞越高,一直朝着月亮飞去。后羿回来后发现妻子不在家,他焦急地冲

---

① 逢蒙,读音 pángméng,人名。

出家门四处寻找。他一边找一边大声呼喊嫦娥的名字。他的呼喊声惊动了上天,皎洁的月亮中竟然出现嫦娥的影子。后羿顿时明白原来嫦娥已经飞升成仙了,于是摆上香案,放上嫦娥平时最爱吃的食物和水果,遥祭在月宫里的嫦娥。百姓们听说嫦娥奔月成仙的消息后,也纷纷在月下摆设香案,遥祭嫦娥。从此,中秋节拜月的风俗就在民间传开了。

吴刚伐桂

吴刚是一个天资聪慧的孩子。他从小就喜欢学习仙术,因为他认为人生只有短短几十年时间,实在是太短暂了,如果能够修炼成仙就可以长生不老。

吴刚长大以后就四处寻仙问道。他的运气也确实不错,没过多久,他果真就在一座深山里遇见了一位道行高深的老者。他赶紧跪下拜老者为师。老者见吴刚很有礼貌,并且天资聪慧,又一心想要学习仙术,决定先把他留下。

吴刚每日勤学苦练,经过三年的刻苦努力,他终于通过了重重考验,成功地拜入老者门下。由于他资质很高,学习法术又非常勤奋刻苦,所以进步极快。再加上对师父的日常起居照顾得极其细心,可谓无微不至,这让老者特别喜欢他,逐渐把高深的法术都传授给了吴刚。

随着本领的不断提高,吴刚觉得自己的功夫已经学得差不多了,就开始变得骄傲自满。他经常出去惹是生非,仗着自己有些法术就欺负别人。老者知道后批评他,他还跟师父顶嘴,对师父的饮食起居也是逐渐不理不睬了。他的这些作为让老者伤心欲绝,自叹当初看走了眼,怎么就收了这么一个顽劣的徒弟。

吴刚心里却在盘算着:"我如今虽已学得了高深的本领,但还不能长生不老。我要让他教会我长生不死的仙术,我就可以远走高飞了!"

可惜吴刚并不知道自己的师父其实是天上的神仙变化,老者见吴刚不仅骄傲自满,而且还到处欺负祸害别人,心想:"既然他不听教诲,那就只能

给他吃点苦头,长长记性,也好改过自新。"于是,他答应了吴刚的要求,对吴刚说:"吴刚,你现在的法术已经很高深了,你可以飞到月亮上去,那里有一棵桂树,如果你能把那棵桂树砍断,你就可以成仙了。"

吴刚一听,心里边暗自揣测:"这老头不是在骗我吧?砍断一棵桂树就能当上神仙,这未免也太容易了,简直让人难以置信。不过,如果我真的砍断了桂树,他却不能兑现承诺,我正好可以有理由离开他。"因此,他考虑了一下,就答应下来。

于是,老者一挥手,向天空一指,便用法术将吴刚送到月亮上的月桂树前。这棵桂树高耸入云,大约有五百多丈高。老者将一把斧子扔给吴刚,然后转身就走了。吴刚拿起斧子,二话没说,就用力地砍了起来。砍了好一会儿,桂树竟然没有任何的缺口。吴刚心里困惑极了,想道:"为什么砍了那么久,这棵树还是原封不动呢?"于是,他又挥起斧头奋力地砍起来,但每次都是才要砍第二刀的时候,第一刀的缺口就已经复原了。吴刚这才明白这是师父给他的惩罚,不由得又羞又愧!他回头寻找师父,却发现他的师父早就已经消失了。吴刚被困在月亮上,没有办法离开,只能不断地砍伐桂树,期望有一天能将桂树砍倒,离开月亮。

时至今日,在皓月当空的夜晚,每当我们仰望夜空时,都还隐约可以看到月亮里面有一棵大树的阴影,旁边好像还有个人在挥动着斧头不停地砍树呢。

玉兔捣药

传说很久以前,有一对心地善良的兔子,它们勤奋修行了一千多年,终于得道成仙。

有一天,玉皇大帝要召见雄兔。雄兔只得依依不舍地离开妻儿,独自踏着云彩前往天宫。正当它来到南天门的时候,恰巧遇到太白金星正带领天兵天将押着嫦娥从它的身边经过。雄兔不知道发生了什么事情,就问旁边一位看守天门的天将。它听完嫦娥的遭遇后,十分同情她。可是自己只不过是一个刚刚得道成仙的小白兔,力量实在太微薄,也帮不上嫦娥什么忙。它心想嫦娥独自一个人被关到月宫里,会多么寂寞和悲伤,要是能有个人陪伴她就好了。忽然雄兔想到自己的四个女儿,它立即飞奔回家。

　　雄兔回到家后立即把嫦娥的遭遇告诉了雌兔，并且对雌兔说想要送一个孩子到月宫中去跟嫦娥做伴。雌兔听完之后虽然也很同情嫦娥的遭遇，但它却舍不得自己的宝贝女儿。对于雌兔来说，把女儿送给别人，这等于是要割下它心头的肉啊！四个女儿也都舍不得离开父母，一个个泪流满面。这时，雄兔语重心长地对大家说道："如果是我孤独地被关起来，你们愿意陪伴我吗？嫦娥因为丈夫后羿射下了九个太阳，解救百姓的苦难，受到牵累被贬下凡。又遭逢蒙的威逼，不得不吞下仙药飘到了月宫。我们能不同情她，看她常年寂寞孤独吗？孩子们，我们可不能只想到自己呀！"

　　孩子们明白了父亲的心思，都表示愿意去。雄兔和雌兔眼里含着泪，笑了。兔仙一家人经过一番商议之后，最终决定让最小的女儿去月宫中陪伴嫦娥。于是小兔子告别了父母和姐姐们，离开了自己的家，到广寒宫里陪伴嫦娥去了。

　　由于这只小兔子浑身洁白如玉，所以人们给它取名为"玉兔"。据说这只玉兔擅长捣药，它常年在月宫中捣制各种仙药，凡人如果吃了玉兔捣制的仙药就可以长生不老！

河伯冯夷

古时候,有个叫冯夷的人,他本是一个农民,却不安心在家耕田种地,一心就想成仙。有人告诉他如果连续喝一百天水仙花的汁液,就可以得道成仙。于是他就每天东奔西跑到处寻找水仙花,收集水仙花的汁液。

冯夷家住在黄河边上,为了能够收集足够的水仙花汁液,他常常需要渡过黄河,到对岸的村庄去寻找水仙花。转眼九十九天过去了,再找上一棵水仙花,吮吸一天水仙花的汁液,他就可以成仙了。冯夷心里很激动,第一百天早上,他早早地就起床出门,准备再次渡过黄河,去对岸的一个小村庄里寻找水仙花。过去的九十九天里,冯夷蹚水过河,在河两岸往返了很多次都安然无恙。可是今天,他刚走到河中间,河水就突然开始上涨了。他心里一慌,脚下打滑,跌倒在黄河中,竟然活活被淹死了。

冯夷死后，心里满是冤屈和怨气。他咬牙切齿地痛恨黄河害死了自己，就到玉帝那里去告黄河的状。玉帝听说黄河没人管教，随心所欲地涨水害人，也十分恼火。他心想冯夷已吮吸了九十九天水仙花的汁液，也快要成仙了，就问冯夷愿不愿意去当黄河水神，管理黄河。冯夷心想这不是正好就实现了自己想成仙的心愿吗？他分外欢喜，于是高高兴兴地接受了玉帝的旨意。从此，就做了管理黄河的河伯。

冯夷成为河伯之后，模样变得非常怪异，体型十分巨大，长着鱼的头、人的脸面、鲶①鱼的身子和蛇的尾巴，在鳃②后的两鳍③下面又长着一双人的胳膊。他的手里握着一柄几丈长的铁角叉，长度多达几丈。手臂的后面还有一对肉翅，展开之后好像凌空飞翔的鸢④鸟。背后的鳍一张一翕，散发着威严。

但是，他也能变幻成人的模样。当他变化成人的时候却是一个风流潇洒的帅小伙子，他的个子很高，皮肤白皙，眉清目秀。每当他从河里出来的时候，都要摆很大的排场。他通常喜欢骑一匹红鬣⑤毛的马，穿一身洁白的衣服，头戴黑色的帽子，后面跟着一大群随从，也都骑着马。他们在水面上急驰而过，掀起层层水雾。有时他们也会上岸，所到之处就会下起瓢泼大雨。他经常乘坐一辆用荷叶做成凉篷的水车，让龙螭⑥为他驾车，和美丽的水中女神们一起在九河里四处遨游⑦。

---

① 鲶，读音 nián，鱼的一个种类。体形大，头部宽平，尾部侧扁。嘴上有四根胡须，上长下短。肉食性，多为野生。

② 鳃，读音 sāi，多数水生动物的呼吸器官，用来吸收溶解在水中的氧。鱼鳃主要生在鱼头部的两侧。

③ 鳍，读音 qí，指鱼类的运动器官，由薄膜和硬刺组成。

④ 鸢，读音 yuān，鸢鸟是一种鹰类动物，身长大约60厘米左右，毛棕色，目光锐利，以雀、鼠、蛇、蛙或腐肉为食物。

⑤ 鬣，读音 liè，指某些哺乳动物颈上生长的又长又密的毛。

⑥ 螭，读音 chī，古代传说中一种没有角的龙。

⑦ 遨游，读音 áoyóu，漫游、游历的意思。

洛神宓妃[1]

宓妃是伏羲的女儿。有一天,她到洛水河畔游玩,看到洛水河两岸的景色十分秀丽,令人陶醉,于是决定降临到人间,到洛水岸边的部落里居住一段时间。

那时候,在洛水河畔居住着一个叫有洛氏的部落,这个部落的人民都很勤劳和勇敢。宓妃来到洛水河畔之后,加入这个部落中。有洛氏部落居住的地方是一个很落后的小村落,生活也比较艰苦。宓妃就把父亲发明的结网捕鱼,以及狩猎、养牲畜、放牧等方法全都教给了这里的人们。久而久之,有洛氏的生活就逐渐好转起来了。

宓妃很喜欢这个地方,每当部落里的村民们在地里辛勤劳作的时候,她就坐在田间一边欣赏洛水河畔优美的风景,一边用自己的七弦琴弹奏动听的乐曲,为这些勤劳的人们驱赶疲劳。无意中,这悠扬的琴声传到了河伯冯夷的耳朵里。河伯冯夷是个风流的公子,时常带着一群美丽的女神四处遨游。他一见到宓妃就被她的美色所吸引。为了能够得到宓妃,河伯幻化成一条白龙,在洛水河里兴风作浪,掀起滔天的巨浪,淹没了两岸的农田,把宓妃也卷走了。

河伯抓到宓妃之后,把她关到了水府的深宫中。宓妃因为失去了自由,整天伤心落泪。为了排解心中的忧愁,她每天坐在窗前弹奏七弦琴。直到一次偶然的机会,她遇见了后羿。后羿得知她的遭遇后,非常气愤,就将她

---

[1] 宓妃,读音 fú fēi,人名。

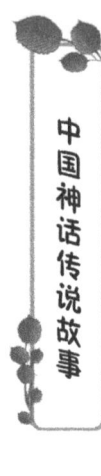

救出了水府，并送她回到了有洛氏部落。

河伯冯夷发现宓妃失踪，又得知她与后羿成婚的消息后恼羞成怒。他再次化作一条白龙，潜入洛水河里兴风作浪，吞噬了无数的田地、牲畜和村庄，还害死了很多无辜的百姓。后羿见状十分生气，他拔出神箭，一箭就射中了河伯的左眼。受伤的河伯只得仓皇逃回黄河里。

河伯心里很不服气，无奈自己又不是后羿的对手，他就跑到玉帝那里去告状。其实，玉帝早就知道了这之前所发生的一切。玉帝认为河伯先是强抢宓妃，后又发洪水祸害百姓，实在是罪大恶极，所以狠狠地惩罚了河伯一顿。河伯告状不成，反遭责罚，只好灰溜溜地回到黄河里，再也不敢去管后羿和宓妃的事情了。

这样，后羿和宓妃便在洛水河边定居下来，过上了幸福美满的生活。宓妃也因此成为洛水女神。洛水两岸的人们为她兴建了一座宏伟的"洛神庙"，以感激宓妃教会他们捕鱼和耕作的技能。洛神宓妃的故事也就这样一代代传了下来。

夸父逐日

远古时候，在北方一座大山的深处，生活着一群力大无穷的巨人。因为他们的首领名叫夸父，所以这个部落就叫作夸父族。夸父长得又高大又强壮，他坐在地上就像一座山；他举起双臂，手指几乎就要碰到天上的云彩。他的双腿很长，一步就能跨过一条大河，跑起来鸟儿也追不上他。

夸父是个心地善良的人。他觉得太阳每天早上从东边升起，傍晚从西边落下，等到太阳落山之后人们就什么也看不见了，于是他打定主意，想要把太阳搬回部落，这样人们不论白天黑夜都能晒到太阳，得到光明。

一天早上，太阳刚刚从东边升起，夸父就告别了族人，开始追赶太阳。太阳在天空中缓缓地移动，夸父却只能在地上拼命地追赶。他翻过了一座座大山，跨过了一条条河流，大地都被他的脚步震得不停地颤抖。他一直不

停地追赶着太阳,但是越接近太阳,他就感觉到越热,口也渴得越厉害。不过,他并没有因此而放弃,还一直鼓励自己:"快了,只要追上太阳,人们的生活就会幸福。"

他不停地追呀追呀,一直追到太阳下山的地方。眼看红彤彤的太阳就在面前了,夸父高兴极了,加快脚步向太阳扑过去。可是太阳就像一个大火球,呼呼地喷着火焰,把夸父烤得口干舌燥。他实在口渴难耐,只好转身跑到黄河边,弯下腰大口喝水。他一口气把黄河里的水全都喝光了还是口渴,于是又跑到渭河边,把渭河的水也喝光了。夸父喝了那么多水,仍然觉得很口渴。这时,他想起了北边还有一个像大海一样广阔的大湖,于是转身朝着北边跑去。可是他越跑越慢,渐渐地停下了脚步,身子晃了晃,轰隆一声倒在地上。夸父渴死了。

夸父临死的时候,心里还挂念着自己的族人。他将手中的木杖扔了出去,木杖掉落的地方,长出了一大片桃林。桃林枝繁叶茂,结出的桃子甘甜多汁。过路的人们要是口渴了,摘几个桃子吃就不渴了。因此,人们都说这些桃树是夸父为他的后代留下的。

鲤鱼跃龙门

很久以前,在黄河的上游有一座龙门山,黄河水流到这里就被龙门山给挡住了,在山脚下汇聚成了一个大湖。湖边垂柳依依,不远处一大片桃林正开着粉色的花朵。蜜蜂和蝴蝶忙碌地在花丛中穿梭飞舞。

居住在黄河下游的鲤鱼们听说大湖的风景很美,都想去欣赏那里的湖光山色。于是,它们成群结队地逆流而上,一连游了很多天,终于游到了龙门山下。鲤鱼们抬头一看,一道宽阔的瀑布从高高的山顶上倾泻下来。

"我听说如果能跳过这座龙门山就能飞升成龙。咱们要不要尝试一下?"一条大红鲤鱼对大家说。同伴们都拿不定主意,七嘴八舌地议论说:"那么高,怎么跳啊?""跳不好会被摔死的!"大红鲤鱼自告奋勇地说:"要不就让我先试一试吧。"

它接连跳了好几次,都没有跳上去。可是大红鲤鱼还是不愿意放弃。这一次它先往回游了很远,然后使出浑身的力气,从几百米开外的地方就奋力往前冲,等快冲到龙门山前的时候再纵身一跃。只见它就像一支离弦的箭一样,一下子跳到半空中。空中的云和雨都被它带动了。突然,也不知从哪里冒出来的一团天火从它的身后追来,烧掉了大红鲤鱼的尾巴。它忍着痛,继续朝前飞跃。大红鲤鱼终于越过了龙门山。这时,大湖上空出现了一条巨龙。鲤鱼们看到眼前的情景,一个个都被吓得缩在一起,不敢再去冒这个险。

巨龙飞下来对鲤鱼们说:"大家不要害怕,我就是你们的伙伴大红鲤鱼,因为我刚才跳过了龙门,就变成了龙,你们也要勇敢地跳呀!"鲤鱼们听了受到鼓舞,开始一个接一个地跳龙门山。

虽然只有极少数的鲤鱼能跳过龙门变成龙,大多数都过不去,但是大家都很向往能够化身为龙,所以鲤鱼们争先恐后地跳跃。有些从空中摔下来的鲤鱼,额头上就磕出一个黑疤。所以,直到今天,黄河鲤鱼的额头上还长着一块黑疤呢。

尧①帝禅位

黄帝统一了各个部落,形成了部落联盟,黄帝自然做了部落联盟的首领。然而上一任部落联盟首领去世后,如何挑选确立下一任新的部落联盟首领呢?经历了颛顼、帝喾等几代帝王之后,帝位传递的方式逐渐完善,形成了通过选贤举能的方法推举新的部落联盟首领的制度。这种制度被称为"禅让制"。在禅让制建立之初,先后出了三位德才兼备的部落联盟首领,他们的名字分别叫尧、舜②和禹③。

尧是第一个由各个部落推举产生的部落联盟首领。他以节俭、朴素出名,是一个非常关心百姓、注重民生疾苦的国君。传说他住的房子是用茅草盖成的,屋子里的柱子和房梁都是用粗糙的木头随便架起来的,连刨④都没有刨过。他喝的是野菜汤,吃的是糙米饭,身上穿的是用一种叫作"葛"⑤的植物织成的粗布麻衣,天气实在太冷的时候才舍得披一件动物皮来御寒。使用的器皿都是一些土碗、土盆。生活过得连一个普通的小官都不如。然而,尧对这样艰苦的生活却丝毫不觉得苦,他的心里常常想的都是百姓的生活。如果他的子民中有一个人饿肚子,那么尧必然会觉得是自己的缘故使

---

① 尧,读音 yáo,人名,传说中上古时代的一位贤明君主。
② 舜,读音 shùn,人名,和尧一样,都是中国古代传说中上古时代的贤明君主。
③ 禹,读音 yǔ,人名,因为治水有方,被后人尊称为"大禹"。他是夏后氏部落的首领。后来做了皇帝,建立中国第一个王朝——夏朝。
④ 刨,读音 báo,用一种工具来推刮木料,使其变得平滑。
⑤ 葛,读音 gě,一种多年生草本植物,茎可以做绳,纤维可以用来织布,块根肥大,称为"葛根",可以制成淀粉,也可以入药。

那个人没法吃饱;如果有一个人在寒冷的天气没有衣服穿,那么尧就会认为是自己的过错让那个人受冻;如果有一个人犯了罪要受到惩罚,那么尧必定会深深地自责,怪自己管理无方,让那个人陷入罪恶的泥潭中。

不仅尧本人品质高尚,他身边的大臣也都以贤德著称。尽管他在位的时候又闹旱灾又发洪水,但是老百姓都没有埋怨,大家共同克服困难。因为尧的贤德,天帝十分感动,于是在尧所居住的茅屋上方突然显现了十种吉祥的征兆,来表示上天对他的嘉奖。

尧年老的时候,自觉年迈体衰,不宜再承担繁重的政务,开始考虑继承人的问题。尽管自己有一个儿子名叫丹朱,但是这个儿子为人骄傲暴虐,脾气太差,能力也不强,不适合当国君。尧以天下为重,没有因为私心偏袒①自己的儿子。他把丹朱派到遥远的南方去做诸侯。南方有个苗族部落怂恿②丹朱用武力夺取王位。父子俩在丹水边进行了一场战争,百姓纷纷站在尧这边,丹朱的计划失败了,最后不知所终。

尧把各个部落首领找来商量,让大家推荐合适的继承人。到会的部落首领们一致推荐舜。尧点点头说:"我也听说这个人挺好。但还是要先考察

---

① 偏袒,读音 piāntǎn,偏护一方。
② 怂恿,读音 sǒngyǒng,指从旁劝说鼓动别人去做(某事)。

一下他。"舜以高尚的道德品质最终为自己赢得了王位。他还娶了尧的两个女儿:娥皇和女英。舜在位几十年,就像尧一样是个明君。到了退位的时候,也像尧一样,把王位禅让给了治理洪水有功的禹。

孝感动天

　　舜出生在一个贫穷的山里人家。他的母亲在他很小的时候就去世了。他的父亲是个盲人,名叫瞽叟①。

　　舜的母亲去世后不久,瞽叟又娶了一个妻子,也就是舜的继母。继母是个坏心肠的女人,经常在瞽叟面前说舜的坏话。瞽叟又是个稀里糊涂的人,对妻子言听计从。他总是让舜干家务,还时常听信妻子的话,只要舜稍微犯了一点点错误,就会被他责打。

　　后来,父亲和继母又给舜生了一个弟弟,名叫象。弟弟性情傲慢,经常仗着父母的宠爱欺负哥哥。然而舜却是一个十分孝顺的孩子,尽管生活在这样一个不幸的家庭里,但他并没有心生怨念,反而依旧对父亲和继母百般孝顺,对弟弟也非常关心。

　　可是坏心肠的继母却不这样想,她担心舜将来会分走大半的家产,一心想要除掉舜,好跟儿子独享家产,因此她一次又一次地唆使瞽叟和他们一起设计害死舜。

　　有一次,他们叫舜去修补粮仓的仓顶。舜架起梯子往上爬,刚爬到仓顶,他们就搬走了梯子,并且在下面放起大火,想把舜烧死。舜在粮仓顶上不知道发生了什么事情。他发现起火了,就打算顺梯子赶快爬下来,可是却怎么也找不见梯子,急得满头是汗。幸好他随身带着两顶遮挡太阳用的斗笠。他双手各执一顶斗笠,展开双臂,以鸟儿扇翅膀的动作从房顶上跳下

---

① 瞽叟,读音 gǔsǒu,人的名字,意思是盲人。

来。斗笠在空中随风飘荡,带着他飘然而落,居然让他毫发无损地回到了地面。

又有一次,家中的水井里淤泥太多了,他们要舜去清理淤泥。舜刚顺着井壁下到井中,父亲和弟弟竟然就在上面往井里扔石头,想把井口堵住了,把舜困在井底下。可他们万万没有想到舜下到井底之后,居然在井下挖出了一个地道,然后沿着地道钻了出来,又安全回到家中。

他的弟弟象不知道舜此时早已脱离了危险,幸灾乐祸地回到家中对母亲说:"这个妙计是我想出来的,这回哥哥肯定死定了。没人再来跟我争家产了!"他话音刚落,就发现哥哥正安然无恙地坐在屋子里。

发生了这样的事情,舜并没有生弟弟和父亲的气,仍然还是像过去一样对父亲恭恭敬敬,对弟弟和和气气的。他的孝行感动了上天,玉帝派大象下凡来为他耕地,派飞鸟来替他锄草。从此,舜一家过上了富足的生活。

舜的孝行传遍了千里,在尧帝晚年的时候,各部落首领纷纷推举舜继承尧的位置。尧帝经过多番考察,肯定了舜的为人,决定把部落联盟首领的位置禅让给舜,并把自己的两个女儿也一起嫁给他。舜继承尧的帝位之后不计前嫌,还封弟弟象做了一方诸侯。最终,父亲、继母和弟弟都被舜的行为所感动,一家人过上了和和美美的日子。

娥皇女英

传说尧帝有两个聪明美丽的女儿：大女儿名叫娥皇，小女儿名叫女英。他非常喜欢自己的这两个女儿。尧帝晚年的时候，就把帝位传给了舜，并且决定将自己的两个女儿娥皇和女英都嫁给舜做妻子。娥皇封为皇后，女英封为妃子。

舜帝与娥皇和女英成亲之后，彼此相敬如宾。他对待两个妻子很是公平，没有长次偏正之分。姐妹俩也是同心同德，齐心协力共同辅佐舜帝治理天下，为老百姓做了许多好事，传为美谈。

舜帝年老的时候，湖南的九嶷①山上出现了九条恶龙。它们住在九座岩洞里，经常跑到湘江里来戏水玩乐，以致湘江洪水暴涨，淹没了周围的庄稼，冲毁了百姓的房屋，居住在湘江附近的人们叫苦不迭，怨声载道。舜帝十分关心百姓们的疾苦，他得知恶龙祸害百姓的消息之后寝食难安，于是决定亲自动身前往南方去帮助百姓消灭恶龙，解决灾患。

娥皇和女英深受尧舜的影响和教诲，也非常关心老百姓的疾苦。她们虽然对舜的这次远行依依不舍，但是一想到为了帮助湘江的百姓解除灾难和痛苦，她们还是强忍着内心的离愁别绪，送舜出发了。

舜帝走后，娥皇和女英在家等待着他征服恶龙、顺利凯旋的喜讯，日夜为他祈祷，期盼着他能够早日得胜归来。可是，花开花落、寒来暑往，姐妹俩

---

① 嶷，读音 yí，九嶷山是一座山的名字，在湖南省境内，相传是安葬舜的地方。

一连等待了好几年,舜帝却依然杳①无音讯。娥皇和女英担心不已,她们思前想后,觉得与其待在家里久久盼望,迟迟等不到丈夫的消息,见不到他归来,还不如前去寻找。于是,姐妹俩结伴同行,踏上了去南方寻找丈夫的路途。

① 杳,读音 yǎo,杳无音讯意思是指没有一点消息,形容信息断绝,了解不到对方的情况。

　　她们俩一路跋山涉水,历经千难万阻,终于来到了九嶷山。她们找遍了九嶷山的每个山村,踏遍了九嶷山的每条小径,问尽了山上山下的村民,却都打听不到舜帝的下落。

　　这一天,她们来到了一个名叫三峰石的地方,这里耸立着三块大石头,周围翠竹环绕,中间有一座用珍珠和贝壳垒成的高大的坟墓。她们感到非常惊异,便问附近的乡亲:"这是谁的坟墓呀?如此壮观美丽!为什么还有三块险峻的大石头耸立在这里?"乡亲们含着眼泪告诉她们:"这便是舜帝的坟墓,他老人家从遥远的北方来到这里,帮助我们斩除了九条恶龙,让人们过上了安乐的生活,可是他却鞠躬尽瘁,流干了汗水,耗尽了心力,受苦受累,最终病死在这里了。"

　　原来,舜帝病逝之后,湘江的父老乡亲们为了感激舜帝的厚恩,特地为他修了这座坟墓。九嶷山上的一群仙鹤也为之感动了,它们日复一日地到南海衔来一颗颗灿烂夺目的珍珠,撒在舜帝的坟墓上,便形成了这座珍珠坟墓。那三块巨石,是舜帝消灭恶龙时用的三齿耙插在地上变成的。

　　娥皇和女英得知实情后,难过极了,二人抱头痛哭。她们悲痛万分,一直哭了九天九夜。她们把眼睛哭肿了,嗓子哭哑了,眼泪流干了。流出的泪水滴落在九嶷山的竹子上,便印出了星星点点的泪斑,有些竹子上还留有指纹,那是两姐妹在竹子上抹眼泪时印上去的;还有些竹子上染着鲜红的血斑,那是两位妃子眼中流出来的血泪染成的。后来,她们俩伤心欲绝,跳进了湘江去陪伴丈夫舜帝,二人死后变成了湘江之神。后世为了纪念这两位妃子,便把湘江两岸这种长满斑纹的竹子称作湘妃竹。

大禹治水

早在尧帝时期,洪水就经常泛滥。尧、舜两任部落联盟的首领都致力于治理水患,然而却一直没有找到合适的方法彻底解决这个难题。舜帝时期,有一次,发生了一场特别大的洪水灾害。大水冲毁了周围的农田,冲垮了无数的房屋,毒蛇猛兽到处乱窜,百姓苦不堪言。

为了解除水患,部落联盟召开会议,推举了有崇部落的首领鲧①去治理洪水,鲧采用的是在岸边修筑堤坝阻挡水流的方法。他花费了整整九年的时间,浪费了很多财力和物力,却未能彻底平息水患。鲧也因此受到了惩罚,他被革去了职务,流放到羽山,最终死在了羽山。

鲧死后,部落联盟又推举了鲧的儿子禹来继续治理水患。禹是一个精明能干、大公无私的人。他并没有因为父亲受到惩罚而怀恨在心,而是欣然接受了这一任务。他暗暗下定决心:"我的父亲没有治理好水患,我一定要加倍努力,帮助百姓脱离困苦。"他吸取父亲治水失败的教训,不断寻找和思索引发洪水的原因,并决定采取疏通河道的办法,把平地的积水引导入江河,再利用水往低处流的自然规律规划水道,根据地势的高低,自西向东将江河湖泊的水流引向大海。

在治理水患的过程中,禹不辞辛劳,带领工人们风餐露宿,废寝忘食,夜以继日地工作。有一个最难的关口在龙门山,大家花了五年时间,才将龙门山凿开一个豁口,河水从龙门山的豁口喷涌而出,一泻千里,最后流向大海。

---

① 鲧,读音 gǔn,人名,传说中禹的父亲。

禹一心想要尽快制止水患,忙得连家都没有时间回。他曾经三次路过自己家门口,都没有进去看一眼。有一次他治水路过自己的家,听到小孩的哭声,那是他的妻子涂山氏刚给他生了一个儿子,他多么想回去看一看自己的妻子和孩子,但是他一想到治水任务艰巨,只得匆匆地向家中茅屋的方向行了一个礼,然后眼里含着泪水,骑马飞奔而走了。

在他的带领下,人们经过十三年的艰苦劳动,疏通了九条大河,使洪水沿着新开的河道服服帖帖地流入大海。洪水终于消退了,人们驱赶走了毒蛇猛兽,把家又搬回了原来的地方。百姓在禹和治水的大军的帮助下,在被水淹没过的土地上重建家园,修整土地,恢复生产,从此又过上了安居乐业的生活。

寿星彭祖

传说玉皇大帝手下有两个大管家，一个叫彭祖，负责掌管功德簿；另一个叫陈抟①老祖，负责掌管生死簿。这两位神仙平日里关系非常好，经常在一起喝酒聊天，研究炼丹心得。有一天，陈抟劳累过度，疲倦难耐，想要休息一会儿，就拜托老友彭祖暂时帮他看管生死簿。彭祖拍着胸脯说："没问题，这点小事包我身上，你放心去睡吧。"

可是陈抟才刚睡下一会儿，彭祖就坐不住了，想偷偷地跑到人间去游玩一番。临走之前，他灵机一动，拿起陈抟老祖托他看管的生死簿，乘机把写有他名字的那一页纸偷偷地撕了下来，再把它捻②成纸绳订在本子上。从此，生死簿里再也找不到彭祖的名字。于是，他就放心地下凡去了。

话说彭祖来到凡间的时候正是尧帝在位时期。那时候，尧帝正带领着子民开垦荒山、耕田种地。尧帝是一位被世人称颂的明君，却由于日夜辛勤工作、操劳国事而积劳成疾。有一天，他突然觉得头晕目眩，晕倒在地上。身旁的侍卫连忙将他扶起来，送回房间休息。从这天起，尧帝就一直卧病在床，一连很多天都吃不下东西，生命危在旦夕。众人想尽各种办法、遍寻名医医治却不见任何效果。大家只能唉声叹气，一筹莫展。

就在这危急关头，从人群中走出来一个气度非凡的人，手里托着一只陶碗，碗中散发出一阵阵的香味。这个人正是彭祖。他双手捧着陶碗说道："我听说尧帝是个贤明的圣人，天下人爱戴拥护，就烹了一碗野鸡汤献给

---

① 陈抟，读音 chéntuán，人名。
② 捻，读音 niǎn，指用手指搓（cuō）转（zhuàn）。

他。"尧帝远远地就闻见了香味,突然食欲大振,他端起碗来一饮而尽,只觉得一股暖流流遍了全身,顿时恢复了元气,神清气爽,所有疲劳顷刻间都消失了。

尧帝病愈之后让彭祖继续每天为他烹制这个鸡汤。只要喝了这个鸡汤,他就精力充沛,虽然日理万机,却百病不生。尧帝为了感谢彭祖,将这个鸡汤赐名为"天下第一羹①",还把彭城赏赐给他。

彭祖安定下来之后,就在人间娶妻生子。他在彭城附近挑选了一座风光秀丽、灵气四溢的仙山,陪妻子在山中静心养胎。妻子为他生下了一对孪生兄弟,取名彭武和彭夷。话说这两个孩子毕竟是仙人之后,他们一生下来就会呼喊爹娘,彭祖用三片自己种的春茶泡水给他们喝下,他们就能下地奔跑。这对孪生兄弟自小就生长在这座山中,长大后也一直没有离开。后人便把这座仙山取名为武夷山,并且一直沿用至今。

凡人的寿命不过短短几十年。随着时光的推移,彭祖身边的人都在不停地衰老和死去,唯独他却一成不变。到了商代末年,彭祖已经活了将近八百岁,他先后娶了四十多个妻子,生了五十多个孩子。商王听说世间竟有这么长寿的人,很是好奇,于是亲自出面去请彭祖来做大夫②。其实,商王真正

---

① 羹,读音 gēng,用蒸煮等方法做成的糊状食物。
② 大夫,读音 dàfū,中国古代的官阶名称。

的目的是要让彭祖教授他长生不老的秘诀,但是彭祖始终不愿意告诉商王。于是,商王便对他起了加害之心。

彭祖为了躲避商王的追杀,连夜逃到了一个小山村里躲了起来。他在这个小山村里一住就是很久,娶了他在人间的第五十个妻子。时光如梭,他的这个妻子也一天天地变老了。临死之前她问彭祖:"我都是个快死的人了,而你却一直不会衰老,你是如何做到的呢?"彭祖哈哈大笑说:"我是永远不会死的!因为生死簿上虽然有我的名字,但是却没人能找得着在哪儿。"妻子接着问:"那你的名字到底在哪儿呢?"彭祖一时得意说出了实情。妻子这才明白了彭祖长生不死的奥秘。

这位妻子死后,灵魂直奔天宫而去,向玉皇大帝诉说此事。玉帝连忙派人去找陈抟老祖查证此事,果然如彭祖的妻子所说。玉帝立即指派了两个差神下凡去抓彭祖。这天夜里,彭祖就去世了,享年八百余岁。

中国神话传说故事

牛郎织女

在浩瀚的夜空中,有一颗牵牛星和一颗织女星遥遥相望。传说那是天宫中的牵牛和织女所化成的。织女是王母娘娘的七个女儿中最小的一个。她和牵牛情投意合,心心相印。王母娘娘虽然最宠爱自己的小女儿,但是她不喜欢织女与牵牛相爱。一怒之下便下令将牵牛贬到了人间,并且让织女禁足家中,不停地织云锦作为惩罚。

云锦也被称作"天衣",是一种用神奇的丝线在织布机上织出的层层叠叠的美丽云彩。这些云彩会随着时间和季节的变化而变幻出丰富的色彩。自从牵牛被贬下凡之后,织女常常坐在织机旁泪流满面,悲伤地思念着牵牛。但是她还是会尽心地织出美丽的云锦,为的是能够令王母娘娘大发慈心,让牵牛早日返回天庭。

一天,王母娘娘的六个女儿来请求王母恩准她们去人间的碧莲池游玩。王母娘娘今日心情正好,便答应了她们。六个姐姐见织女终日愁苦,就趁机向王母娘娘求情让织女跟随她们一同前往,王母娘娘也着实心疼小女儿受到责罚,便同意了她们的请求,并嘱咐她们要速去速回。

话说牵牛被贬到凡间之后,投胎到了一户贫苦农民的家里,取名叫牛郎。后来由于父母早逝,他便跟随哥哥和嫂子一起生活。哥哥和嫂子待牛郎非常刻薄。父母刚过世不久,他们就提出来要和牛郎分家,并且只分给了牛郎一头老牛和一辆破车,其余的家产都被哥哥和嫂嫂霸占了。从此,牛郎就只能和老牛相依为命,他们在荒芜的山地上艰难地开垦田地,砍来树木搭建房屋。经过了很长一段时间的努力,才建造起一个小小的家,勉强可以糊口度日。可是家里到处都是空空荡荡、冷冷清清的,只有那头老牛和牛郎做伴,日子过得相当寂寞。

牛郎并不知道,老牛其实是天上的金牛星下凡。这一天,老牛突然开口说话了,它对牛郎说:"牛郎,你今天去一趟碧莲池,那儿有一群仙女在洗澡。你只要找到一件红色的仙衣把它藏起来,穿红色仙衣的仙女就会成为你的妻子。"牛郎见老牛口吐人言,又惊又喜,连忙问:"牛大哥,你真会说话吗?你说的是真的吗?"老牛点了点头。牛郎便按照老牛的吩咐,去碧莲池旁的一片芦苇丛里悄悄躲了起来,等候仙女们的来临。

快到正午的时候,果然有一群仙女翩翩飘至。她们脱去身上的轻罗衣裳,跃入池水中玩耍嬉戏。牛郎轻手轻脚地从芦苇丛中出来,拿起红色的仙衣转身就跑。仙女们听见了动静,慌忙纷纷地穿上自己的衣裳,像飞鸟般地飞走了,只剩下一个没有衣服的仙女无法逃走。她正是织女,织女见自己的仙衣被人抢走了,又急又羞,不知如何是好。

这时,牛郎走上前来,对她说,如果她答应做自己的妻子就把衣裳还给她。织女定睛一看,发现这个小伙子正是自己日思夜想的牵牛,便害羞地答应了他。就这样,织女就成了牛郎的妻子。

他们结婚以后,男耕女织,相亲相爱,日子过得非常美满幸福。没过多久,他们就生下了一儿一女,十分可爱。织女一心跟牛郎在人间终身相守,白头到老。可是她心里清楚,自己迟迟未归王母娘娘定然会追究。也正如织女所料,王母娘娘很快就知道了这件事,勃然大怒,立刻派遣天兵天将去捉拿织女回天庭问罪。

这一天,织女正在家做饭,在外耕作的牛郎匆匆赶回家中,红肿着双眼对织女说:"牛大哥突然死了,它临死前告诉我,要我在它死后剥下它的牛皮放好,有朝一日,披上牛皮就可飞上天去。"织女一听,心里顿时着急害怕起来。她知道,老牛是天上的金牛星,当初因为替被贬下凡的牵牛说了几句公道话,所以也被贬到了凡间。织女让牛郎剥下牛皮后好好安葬了老牛。正在这时,天空中突然狂风大作,天兵天将从天而降,不容分说,押着织女便飞上了天空。

牛郎见状,赶紧把两个儿女各放进一个箩筐里,挑起箩筐,披上牛皮,去

追织女。慢慢地,他们之间的距离越来越近了,织女已经看得见她的儿女们可爱的模样了,孩子们在箩筐里伸着双手,大声呼叫他们的妈妈。眼看牛郎和织女就要相逢了,可就在这时,王母驾着祥云赶来。她拔下头上的金簪,往牛郎和织女中间一划。霎时间,一条波浪滚滚的天河横在了织女和牛郎之间,无法横越。

织女望着天河对岸的牛郎和儿女们,直哭得声嘶力竭,牛郎和孩子们在河对岸也哭得死去活来。他们的哭声和孩子们一阵阵喊"妈妈"的叫唤声,是那样的撕心裂肺,催人泪下,就连在一旁观望的仙女和天神们都觉得心酸难过,于心不忍。王母见此情此景,也稍稍为牛郎和织女坚贞的爱情所感动,便同意让牛郎和两个孩子留在天上,每年农历七月初七,准许他们和织女相见一次。

从此,牛郎就带着两个孩子住在天上,隔着一条宽阔的天河,和织女遥遥相望。在晴朗的夜空中,我们至今还可以清晰地看见银河两边有两颗较大的星星,晶莹地闪烁着,那便是牵牛星和织女星。在牵牛星的旁边还有两颗小星星,它们是牛郎和织女的一儿一女。

传说每年的农历七月初七是牛郎和织女相会的日子。在这一天会有无数成群的喜鹊飞到天河上,为他们搭起一座美丽的鹊桥。鹊桥之上,牛郎和织女阖①家团聚。二人深情相对,搂抱着他们的儿女,有无数的话儿要说,有无尽的情意要倾诉。

  地上的人们在这一天,若是坐在葡萄架下静静地倾听,可以隐约听到仙乐奏鸣,织女和牛郎在深情地交谈。所以,后来每到农历七月初七牛郎和织女鹊桥相会的日子,姑娘们就会来到花前月下,抬头仰望星空,寻找银河两边的牛郎星和织女星,希望能看到他们一年一度的相会,同时乞求上天让自己能够找到如意郎君,成就美满的姻缘。所以,每年农历的七月初七就被称作七夕节,也叫乞巧节。

---

① 阖,读音hé,意思是全、全部。阖家团聚指全家聚在一起。

沉香救母

　　传说在华山顶上有一座神庙,庙神三圣母是玉帝的外甥女,二郎神的妹妹。她聪明美丽、心地善良。这天,一个进京赶考的书生刘向途经华山。距离考试的日子还早,书生打算趁机游历一番华山的美景。说来也巧,书生刘向在华山顶上正好就遇见了三圣母。二人情投意合,结为夫妻,并且非常恩爱。

　　婚后不久,三圣母就怀了身孕。可是考期将近,刘向只得将三圣母留在家中养胎,独自进京赶考去了。二人依依惜别之时,刘向送给三圣母一块祖传的沉香,说孩子出生之后就取名叫"沉香"。

　　刘向在京城一举中榜,被任命为扬州府巡按①。就在他上任之时,三圣母却遭难了。原来,三圣母怀孕的事情被她的哥哥二郎神知道了。二郎神勃然大怒,责怪妹妹私自嫁给凡人,触犯了天条,要抓她上天受罚。三圣母毫不畏惧,况且她随身还有一件女娲赠送的宝物——宝莲灯,能够震慑②各路神仙。二郎神也十分惧怕宝莲灯的威力,于是他命令自己的哮③天犬去偷走了宝莲灯。这样,可怜的三圣母就只能束手就擒,被二郎神抓住,关押在华山脚下的黑云洞中。三圣母在暗无天日的黑云洞中生下了儿子沉香。为了预防不测,她偷偷地恳求夜叉帮忙把儿子送到扬州,留在他父亲刘向身边。

---

① 巡按,读音 xún'àn,中国古代的一种官阶。
② 震慑,读音 zhènshè,指使人感到震惊和恐惧。
③ 哮,读音 xiào,哮天犬是中国神话传说中二郎神身边的神兽。

沉香长大后，渐渐懂事了。他得知母亲被压在华山下受苦的事情之后，就一心想救出母亲。无奈刘向也只是一介文弱书生，根本不是二郎神的对手，只能摇头叹气。于是沉香便独自离家，去找母亲。可怜的沉香当时毕竟才只是个八岁大的孩子，他历尽千辛万苦来到华山却找不到母亲，情急之下放声大哭。哭声在空谷中回荡，惊动了路过此地的霹雳①大仙。好心的霹雳大仙问明情由后深感同情，决定教沉香学习武艺。沉香在霹雳大仙的指点下，勤学苦练，掌握了百般技能。十六岁生日那天，沉香拜别师父，决定再去华山救母亲。临行前，霹雳大仙送给他一把开山神斧。

沉香腾云驾雾来到黑云洞前。他大声呼唤母亲，喊声穿过重重岩层传入三圣母耳中。三圣母担心沉香打不过二郎神，劝他去向舅舅求情。谁知二郎神竟然铁石心肠，毫不顾念舅侄情分，对沉香大打出手，二人斗得天昏地暗。太白金星知道此事后派四位仙姑前去查看。在四位仙姑的暗中帮助下，沉香越战越勇，二郎神招架不住，只得落荒而逃，宝莲灯也回到了沉香手中。

沉香立即飞回华山，举起开山神斧，奋力猛劈。只听得"轰隆隆"一声巨响，地动山摇，三圣母重见天日，母子二人终于团聚了。

---

① 霹雳，读音 pīlì，指又急又响的雷。在本文中，霹雳是一位神仙的名字。

哪吒①闹海

从前,在陈塘关②有一名大将军名叫李靖,他的夫人怀胎三年零六个月之后,才生下了一个肉球。李靖大吃一惊,拔出宝剑将肉球一剑劈成两半。谁知这个肉球被劈开之后忽然光芒四射,从里面跳出来一个小男孩。李靖十分疑惑,以为妻子生的是一个妖怪。于是再次挥舞宝剑,准备要杀死这个男孩。正在这时,一位名叫太乙真人的道长却前来贺喜,为孩子取名哪吒,并收他为徒,还当场赠送给他两件宝物:乾坤圈③和混天绫④。

哪吒七岁那年,有一天天气炎热,他就到大海里去洗澡,一边洗澡一边拿着混天绫在水里晃来晃去地玩水。谁知他这一晃竟然把东海龙王的水晶宫都弄得东摇西晃。东海龙王吓了一大跳,连忙派巡海夜叉去打探一下到底是怎么回事。夜叉钻出水面一看,原来是个小孩在洗澡。他二话不说,举起斧头就砍。还好哪吒机灵,急忙把身子一闪,躲过了夜叉的斧头。他顺势取下了挂在身上的乾坤圈,朝夜叉扔去。别看这小小的乾坤圈,它可比一座大山还重,正好打在夜叉的脑袋上,一下就把他打死了。

---

① 哪吒,读音 nézhā,人名,是中国古代神话传说中的一个人物。
② 陈塘关,读音 chéntángguān,地名,出自于中国古代神话小说名著中的一处关口地名,和古代著名神话人物哪吒有关,传说是哪吒三太子的出生地,同时也是哪吒一家居住过的地方,镇关将军是哪吒的父亲托塔天王李靖。
③ 乾坤圈,读音 qiánkūnquān,是哪吒的法宝之一。乾坤圈的形状像镯,直径八寸。
④ 混天绫,读音 húntiānlíng,哪吒的另一件法宝,是一条红绫,能自动改变长度和捆绑敌人,即使剪断了也能自动修复。

龙王听说夜叉被打死了,非常生气,就派他的三儿子敖丙①带兵去捉拿哪吒。三太子敖丙蛮不讲理,一出水面就拿枪刺向哪吒。哪吒让他好几次,可是三太子依旧不肯罢休。哪吒急了,纵身一跃,抖出混天绫,把三太子紧紧地裹住,又拿乾坤圈把三太子打死了。三太子一死,就现出了原形,原来是一条小龙。哪吒把他拖到岸上,心想:父亲正好缺少一根腰带,不如我把这小龙的龙筋抽出来,搓一根腰带送给他。于是,他就把小龙的龙筋一根根地抽了出来,带回家去。

东海龙王听说自己的儿子也被哪吒打死了,又气又伤心,就变作一个读书人的样子,离开水晶宫去陈塘关找李靖算账。龙王气冲冲地对李靖说:"你生的好儿子,打死了我家夜叉,又打死了我的三太子,你可知罪?"李靖不知情,回答说:"你弄错了吧,我的儿子哪吒才七岁,怎么可能打死人呢?"龙王说:"你不信,就找他回来问一问。"

李靖找遍了前屋后院,又找到花园里,都没有找到哪吒。原来哪吒正躲在一间小屋子里搓龙筋呢。李靖好不容易才找到他,问道:"你在这小屋子里做什么?"哪吒说:"父亲,我今天打死了一条小龙,抽了他的筋,正在给您搓腰带。"李靖这才知道哪吒闯了大祸,只好带着他去见龙王。

哪吒见到龙王后解释说:"老伯伯,请您别生气,我不是故意打死您家三太子的。他用枪刺我,我让了他好几次,可是他还一个劲地追我,我实在是没有办法了,才还的手,结果不小心把他打死了。您瞧,这是他的龙筋,还给您就是了。"

龙王看见自己儿子的龙筋,更加心痛了。他说:"我的儿子不能白白让你打死,我要到天宫去告你的状。"说完就乘着云彩上天宫去了。哪吒赶紧去追龙王,不料自己跑得太快了,他跑到南天门等了好半天,龙王才到。哪吒拦住龙王的去路,恳求他说:"老伯伯,是我不小心,打死了三太子,我知道错了,求您别告状了。"可是无论哪吒怎么哀求,龙王就是不肯答应,这下可把哪吒惹火了。他把龙王打倒在地,一手揪住他的衣服,一手紧紧地攥②着拳头,问他:"你还要不要告状?"龙王愤怒到了极点,说:"你还敢打我,我非

---

① 敖丙,读音 áobǐng,人物名,东海龙王的三太子。
② 攥,读音 zuàn,握,握住。

告你的状不可。"哪吒也火冒三丈,伸手去揭龙王身上的鳞片。原来龙和鱼一样,身上都长着一片片的鳞片。这一揭可不得了,龙王疼得嗷嗷直叫,连忙向哪吒求饶:"饶了我吧,我不告状了。"哪吒这才松了手。他担心龙王出尔反尔,就叫龙王变成一条蚯蚓那么大的小龙,然后把它藏在袖子里,带着回家去。

李靖此时正在家中发愁,哪吒回到家后对他说:"父亲不用发愁,龙王不会再去告状了。我赶到南天门拦住了他,不让他去告状,他已经答应了,不信你可以问问他。"说着从袖子里抖出一条小龙。小龙一着①地,就变成了龙王。

龙王怒气冲天,告诉李靖哪吒是如何把他打倒在地,又如何揭他身上的龙鳞,还恶狠狠地说:"你们等着吧,我要请南海、西海、北海龙王一齐来收拾你们。"说完就变成一阵清风离开了。

这个东海龙王果真去请了另外三位龙王来帮忙,还带了许多虾兵蟹将来陈塘关找李靖兴师问罪。他们绑了李靖,还兴风作浪,水淹陈塘关,要李靖交出哪吒才肯善罢甘休。

哪吒不愿意连累父母和全城的百姓遭殃,从屋里跑出来,对东海龙王

---

① 着,读音zháo,接触。着地,指接触到地面的意思。

说:"打死夜叉的是我,打死三太子的也是我,我一个人做的事,由我一个人来承担,不要连累别人。你说吧,你要怎么办?"东海龙王咬牙切齿地说:"我要杀了你,给我的儿子报仇。"哪吒说:"好吧,不用你动手,我自己来。"说着抽出宝剑当着四海龙王的面自刎①,并且剔②骨还父,割肉还母。四海龙王见状只好放了李靖,收兵回去了。

哪吒死后,他的师父太乙真人用莲藕为他重新做了骨骼③,又用荷花为他做了肌肉,使他起死回生。还新送给他两件法宝:风火轮和火尖枪。复生后的哪吒练就了一身本领,可以变化出三头六臂。他手持火尖枪、脚踏风火轮,本领更加强大了。

---

① 自刎,读音zìwěn,指自己割断脖颈;自杀。
② 剔,读音tī,把肉从骨头上刮下来。
③ 骨骼,读音gǔgé,指人或其他脊椎动物的骨架。

愚公移山

从前，在一个偏远的小山村里住着一位名叫愚公的老人，年纪已经快九十岁了。在愚公家的门口有两座高山，一座叫太行山，另一座叫王屋山。这两座山正好挡住愚公家出行的道路，让愚公和他的家人每次出门都要绕行很远的路，非常不方便。

有一天吃饭的时候，愚公突然对家人说："这两座大山挡住了咱们家的门口，让我们出门要走许多冤枉路。不如我们全家一起把这两座大山移开，让门口的路可以直通到外面的大路上，你们看好不好呢？"愚公的儿子和孙子们一听，都点头赞成说："好呀！好呀！我们明天就开始动手吧！"可是愚公的妻子却摇摇头说："就凭你的力气，就连一个土丘都搬不动，还想搬开两座大山！况且这么大的两座山，就算你能搬得动，那些挖出来的泥和石块往哪里放呢？"

愚公妻子的话引起了大家的议论。这确实是一个问题。最后他们一致决定要把大山搬开，至于山上的石头和泥土嘛，可以运送到渤海边上去堆放。

第二天一大清早，愚公就带领家人扛着锄头，挑着扁担，到山边开始凿石挖土。他的邻居京城氏和她的小儿子听说愚公一家要搬山，也兴致勃勃地来帮忙。但他们搬山的工具只有锄头和背篓，而大山与大海之间相距遥远，一个人一天往返不了几趟。一个月干下来，大山看上去跟原来没什么两样。

有一个叫智叟①的老先生,为人处事很精明。他看见愚公一家人搬山,觉得十分可笑。有一天,他就对愚公说:"愚公呀!你实在太糊涂了。你都这么大岁数了,连走路都不方便,怎么可能搬得开两座大山呢?就算让你搬到死的那一天,也不可能把大山移开来呀!"愚公听了他的话,笑笑说:"智叟,你才糊涂呢!我虽然已经很老了,但是我还有儿子可以继续去做呀;并且我的儿子还会生孙子,孙子还会再生儿子,我的子子孙孙可以一直不断地搬下去。山上的石头却是搬走一点儿就少一点儿,再也不会长出一粒泥土、一块石头的。所以我们这样天天搬、月月搬、年年搬,总有一天我们会把这两座山搬走的。"智叟听了没话可说,只好走开了。

愚公带领着全家人,不论是炎热的夏天还是寒冷的冬天,每天都起早贪黑,挖山不止。他们的行为感动了天上的玉帝。玉帝就派了山神去把王屋山与太行山搬走了。但是愚公移山的故事却一直流传至今。它告诉人们,无论遇到多大的困难,只要有恒心和毅力,坚持不懈地做下去,就有可能成功。

---

① 智叟,读音 zhìsǒu,人名。

中国神话传说故事

铁拐李①成仙

铁拐李是中国古代传说中著名的八仙之一。八仙分别是铁拐李、汉钟离、吕洞宾、何仙姑、蓝采和、张果老、韩湘子和曹国舅。铁拐李是一个外号,并非是真正的名字。铁拐李原本的名字叫作李玄,他是一个眉清目秀、文质彬彬的书生。只因与仕途无缘,参加了很多次科举考试结果都名落孙山,所以他从此灰心丧气,看破红尘,离家出走,决心去学道访仙。

学道修仙首先需要有一处僻静的修仙圣地,为了学习道法,李玄在深山幽谷中风餐露宿地寻找了好几个月,终于找到一个幽僻的山洞安顿下来。可是在这个山洞中修炼了几年之后,他觉得自己并没有取得什么成效,根本不可能实现成仙的梦想。他冥思苦想,终于想明白了自己不长进的原因:修行道业不能只靠自己研习,如果能得到名师的指点,必定会事半功倍。他猛然想起华山上的太上老君李耳是一位道法高深的仙人,自己还跟他同姓。如果能拜他为师,得到他的指点,就一定可以得道成仙。

想到这里,李玄就迫不及待地收拾行李直奔华山。他历尽千辛万苦,跋山涉水地走了很多日,终于来到了华山顶上的莲花峰。他刚想坐下休息一会儿,就见两个道童迎面走来问他说:"请问先生是李玄吗?"李玄心里很纳闷,回答说:"在下正是李玄。两位道兄如何知道我的姓名?"两个童子微笑着说:"你不是千里迢迢到华山来寻访太上老君吗?我们是来接你的。"李玄听了又惊又喜,暗想:"看来我与太上老君还大有缘分呢!"于是,他兴冲冲地

---

① 铁拐李,读音 tiěguǎilǐ,人名,中国神话传说中的八仙之一。

108

跟随两个童子来到太上老君隐居的草堂。

只见太上老君端坐堂上,在他身旁还坐着另一位仙人。李玄急忙上前拜见,太上老君却对他说:"学道并没有老师,也没有天生缘分,只能靠自己。你只管专心去修行,总会有成功的一天。"

李玄听了太上老君的教诲,拜别两位仙人之后又回到原来修炼的山洞,继续潜心学习各种秘籍宝典。他经常一打坐就是一天,还时常到一些高旷的地方呼吸,吐故纳新。久而久之,终于修炼到了形神分离的境地。

有一天,李玄修炼完毕后在山上散步游玩,忽然听到一阵嘹亮的仙乐,抬头一看,空中祥云缥缈,霞光万丈,有一只仙鹤向他飞来。仔细一看,仙鹤背上坐着太上老君和另一位仙人。李玄慌忙跪拜。太上老君说:"你的道法大有长进,实属不易,我和宛丘要到各地出游,想带你同去。你如果想同行,就在十天后神游到我的住处,不可失约。"说完,驾着仙鹤飞走了。

转眼就到了约定的时间。李玄对他最心爱的徒弟杨子说:"我现在准备灵魂出窍,去华山赴太上老君的约会,跟随他出行,提升道行。我的灵魂赴约去了,但是肉身却只能留在这里。如果七日之后我的游魂还不回来,你就可以把我的肉身烧了。但是,在没有满七日之前你一定要帮我守护好我的肉身,不要让它毁坏了。切记!切记!"

杨子按照师父的嘱托,日夜守护着师父的肉身,不敢怠慢。可是到了第六天,家里人急匆匆地赶来对杨子说:"你的母亲病重,即将去世,临死前唯一未了的心愿就是想见你一面,你赶快回去一趟吧!"杨子大哭着说:"母病危急,可是我师父的灵魂还没有回来,这叫我如何是好呢?如果我走了,谁来帮我看守师父的身体?"家人说:"你师父气息全无,明明早就已经死了。就算如你所说他还没有死,如今你已经为他守护了六日,只差一日却还不见他回来,只怕是凶多吉少,回不来了。况且你提前离开也是情有可原的。你想想看,万一你的母亲死了,你却来不及送终,你一定会抱恨终身的。不如现在就烧了你师父的尸身,赶快回家侍奉母亲,这才是两全其美的做法。你可要仔细想好了。"

听家人这么一说,杨子心里实在是很犹豫。但事情既然很紧急,杨子此时也根本想不出一个两全其美的好办法。无奈之下,他只得听从了家人的

劝告。于是,他准备了祭祀的东西,朝师父的肉身拜了再拜,然后堆起一堆干柴,点燃大火,将李玄的尸体火化了。杨子又大哭了一场,接着,马不停蹄地赶回家中。只可惜赶到家中的时候他的母亲已经去世了。

却说李玄的灵魂跟随太上老君四处邀游了数日,计算一下时间,他与杨子约定的时间已到,于是他辞别了太上老君,返回山中。李玄的灵魂回来之后,发现自己的肉身不见了,杨子也不见了。转身看到外面的空地上还冒着一缕缕轻烟,他这才知道自己的肉身已经被火化了。李玄深怨杨子没有恪守①诺言。没有了肉体,他的灵魂就只能四处飘荡,无依无靠。

李玄不甘心这样变成一个游魂。有一天,他看见一个饿死在山坡上的人,旁边还倒着一个竹拐。他想:"我的游魂正好没有依托,虽然面前的这个人,蓬头垢面②,袒腹③跛足④,十分丑陋,但是我哪里还有时间慢慢挑选相貌好看的尸体呢?看来这个饿死的人,就是我的新面目了。"于是他就附在那个死人的尸体上。

李玄复活之后,吐了一口仙气,把旁边的竹拐变成铁拐挂着,并给自己改了个名字叫铁拐李。他想起了杨子,觉得杨子没有按照约定守护自己七日的原因是迫于母亲病危,而他的母亲死了他却不能送终,终究也是因为要给自己看守肉身所致,看来还是自己连累了杨子。于是,他决定要帮杨子复活他的母亲。

铁拐李拄着铁拐,背着个葫芦,一瘸一拐地来到了杨子的家里。只见杨子正在哀号哽咽,顿足捶胸⑤,样子痛苦不堪。铁拐李走上前故意问杨子说:"死生有命,不可强求。你已经尽到了儿子的责任,安葬了你的母亲,何必还要如此呢?"杨子说:"我师父灵魂出游,让我看守他的尸体七日,没想到第六日我母亲病危,我没有恪守约定,竟然自作主张,第六日就火化师父的尸体赶回家中,等我回到家里,我母亲已死了。我作为徒弟不遵守对师父的承

---

① 恪守,读音 kèshǒu,指谨慎而恭顺地遵守。
② 蓬头垢面,读音 péngtóugòumiàn,指人的头发很乱,脸上很脏的样子。
③ 袒腹,读音 tǎnfù,指脱去上衣,露出肚子的样子。
④ 跛足,读音 bǒzú,意思是腿由于创伤、缺陷或极度劳累而致残。
⑤ 顿足捶胸,读音 dùnzúchuíxiōng,意思是一边跺脚一边击打胸脯,形容情绪激烈的样子。

诺,他的在天之灵一定认为我不忠。我哪里还有颜面活在世上?"说完就想拔剑自刎。

铁拐李连忙把杨子的宝剑夺下,对他说:"我就是你师父。我出游的时候得到仙人传授了几颗起死回生的灵丹,你试着把这颗仙丹给你母亲服下,也许真的能复生呢。"杨子听了急忙拜谢。铁拐李从身后的葫芦中取出一个小药丸给他。杨子用水将药丸调和之后,缓缓地送入母亲的口中。过了一会儿,杨子的母亲开始喘气,脸上也渐渐有了血色。接着,她长叹一声,就爬了起来,就像从来没有生病的人一样。铁拐李又取了一粒仙丹叫杨子服下去,可以延年益寿,好服侍母亲安享天年。

杨子在家侍奉母亲终老后,便到山里寻找师父。二百年后,铁拐李修成正果,带着杨子一起飞升成仙。

中国神话传说故事

钟离得道

　　汉钟离，原名叫钟离权，钟离是他的复姓，据说他出生于汉朝，常被人们称呼为"汉朝的钟离先生"，慢慢地就叫成了"汉钟离"。汉钟离是八仙中资格较老的一位神仙。

　　据说，汉钟离在出生的时候，忽然有一个巨人破门而入。这个巨人自称是上古神仙转世，托生在钟离氏家。接着，只见一道强烈的光线从窗口照进屋内，把满屋子都照得通亮，令人睁不开眼睛。等强光散去之后，屋内顿时变得一片漆黑。过了好大一阵，大家才逐渐看清楚东西，猛然发现一个白白胖胖的男孩子已经出生了！全家人围着他瞧来瞧去，七嘴八舌地讨论起来。

　　这个孩子的确有些与众不同。刚生下来个头就像三岁的孩子那么大，额头很大，鼻子很高，最奇怪的是他的手臂奇长，长得都超过了膝盖。到了第七天，他就能像大孩子一样大口地吃饭了，跑起路来飞快，没有一个孩子赶得上他。大伙都说："这孩子，将来长大只怕是不凡！"这原本只是一句夸赞的话，却没想到他日后长大会成为被世人高高供养的神仙。

　　汉钟离长大之后，练成了一身好武艺；加上他身材魁梧，力气过人，他的父亲又是一位王侯，在当时很有势力。这使得他有机会进入朝堂，获得皇帝的赏识。后来，汉钟离更是得到了皇帝的重用，当上了大将军。

　　有一次，皇上派汉钟离率领一支军队去讨伐吐蕃①。可是，他的上司梁翼②是个小心眼的人，他担心汉钟离获胜立功后，权势会超过自己，于是就只

---

　　① 吐蕃，读音 tǔbō，是中国古代藏族在青藏高原建立的一个政权的名称。
　　② 梁翼，读音 liángyì，人名。

给他配了一群老弱残兵。汉钟离的人马刚刚到达目的地就被吐蕃军队劫营,士兵们吓得落荒而逃。汉钟离和自己的部队走散了,独自骑着战马胡乱奔逃。战马也不再听他的使唤,一个劲地乱跑,跑呀跑呀,竟然跑进了一座深山老林里。汉钟离迷了路,他骑着马,在山林里一直绕来绕去,就是找不到出路。他心想,这下可糟了,说不定要葬身于此了!"

当他正在踌躇①的时候,突然看见有一位吐蕃模样的老和尚朝他迎面走来。汉钟离像是看到了希望,匆忙走上前去行礼问路。那吐蕃和尚仿佛早就知道汉钟离会来向他问路似的,只对他一笑,便说:"这里离山的出口很远,我看你今晚是走不出去了,还是先找个地方休息一下吧。我此刻就可以带你到一个地方去歇息,请施主跟我来。"说完就在前面引路。

汉钟离喜出望外,再三致谢,就跟着那吐蕃和尚往前走。大约走了两三里路,他们走进了一个山坳里。朦胧之中,看见前面有一个小村子。可是看上去,这村子好像是在一个山洞中似的。那和尚把汉钟离带到村口时就不走了,对他说:"这里是正阳洞,我跟你的仙缘已尽,只能带你到这里,你自己一个人进去吧。"说完,和尚合掌作一个揖,转身就不见了。

其实,这个村子本来就是一个山洞。汉钟离走到洞口,觉得洞中静寂无声,不敢走进去。当他在洞口彷徨②时,听到一个老人的声音说道:"你是汉钟离将军吧?既然来了,就快些进来吧。"

汉钟离暗暗吃惊,心想:"这个老人一定不是一个平凡的人,否则,面都没有见过,怎么就知道我是谁呢。"他还没来得及答复,就出来一个老人把他引进了旁边的一间屋子里。

屋里很简陋,用黄泥涂抹的墙壁上点着一支蜡烛照明,床就是用几根吊起来的绳子做成的,还在那边晃荡着。地上有几件常用的陶器,收拾得整整齐齐。不过,引人注目的是床边的一个架子,上面放着很多书卷,书卷摆得很齐整。

坐定之后,汉钟离询问老人的姓名,老人自称东华先生。这个名字,汉钟离从小就听说过。这是一位得道的仙人,隐居在山中,完全与世隔绝,没

---

① 踌躇,读音 chóuchú,意思是指犹豫不决,拿不定主意。
② 彷徨,读音 pánghuáng,指走来走去,犹豫不决,不知道往哪里走好。

想到被他在这里碰到了。汉钟离心想,这次他全军覆没,假如回去的话,肯定无法交差,再说朝廷内钩心斗角,互相争权夺利,人们也因为连年的战乱,颠沛流离,惨不堪言。这样的世道,实在没有什么值得留恋的。此刻他碰到了东华先生,机缘难逢,何不从师学道。于是汉钟离决心丢弃凡间,入道修行。

从此,汉钟离就拜东华先生为师,留在山里学道。东华先生传授他永生真诀和《灵宝异法》,还教他书法。汉钟离在山中学道三年,不但道学很高,并且写得一手好字。

后来,有一天,东华先生对他说:"你的道行已经到了,可以出山了。你出山之后,应该多做善事,积累功德,以等待上苍的征诏。"就这样,汉钟离拜别了师父,四处去云游。最后他在山东的崆峒山①上居住下来。

有一年的秋季,汉钟离从崆峒山下云游回来,半路上忽然看见蔚蓝的天空中飘来一朵彩云,冉冉而下,降落在鹤岭山顶上。两位穿戴彩衣的道童,各自乘着一只彩凤,飘然而下,随同下来的还有一只丹顶白鹤。汉钟离跨上鹤背,就在清风丽日中,和仙童一起,飞上了天空,渐去渐远,最后消失在了天的尽头。

① 崆峒山,读音 kōngtóngshān,山名。

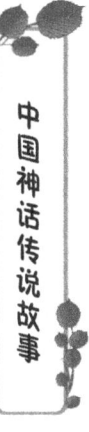

张果老倒骑毛驴

在八仙之中,给人印象最为深刻的莫过于倒骑毛驴的张果老了。关于他倒骑毛驴的原因,还有一个有趣的故事呢。

张果老曾经有个十分要好的朋友,人称穆长老,是一位德高望重的道长。穆长老住在城外山上的仙姑庙内,张果老常去那里和穆长老一起研讨道教学问。这仙姑庙占地面积大约有十几亩,内有大殿三层,房屋数十间。大殿前古树参天,院内有很多花木和假山,还有一个放生池。仙姑庙香火旺盛,香客络绎不绝,是当地远近闻名的庙宇。穆长老喜欢将自己炼制的各种丹药赠送给各位香客,香客们也常常给庙里捐些银两和粮油,维持日常的生活。穆长老门下有两位道童,分别叫南桃和北李,南桃每日负责挑水劈柴、烧火做饭;而北李呢,则负责清扫殿堂、续香敲钟。

最近几日,南桃挑水的时候发现一件奇怪的事情。他明明每天睡觉之前都把水缸里挑满了水,可是到第二天清晨做早饭的时候缸里的水就只剩下一小半了。南桃挠挠①头,心里犯嘀咕。他怀疑是北李在捉弄他,想去找师傅评理,却又没有证据,只好无奈地再去挑水。

一天晚饭后,南桃悄悄地躲在水缸附近的一个角落里,想看看究竟是怎么一回事。他等了很久也不见任何动静,正打算要走,忽然看见西边红光一闪,接着有一个身穿红色丝绸肚兜,胳膊圆圆像莲藕的小孩子,欢快地跳到水缸前,伏在缸口"咕咚、咕咚"喝起水来。喝饱之后,他抹了抹嘴,朝四处看

---

① 挠挠,读音 náonáo,用手抓一抓头的意思。

了看,然后又一蹦一跳地穿墙而去。南桃看得目瞪口呆。

第二天早上,南桃把昨晚看到的事情一五一十地告诉穆长老。穆长老一开始不相信,但他觉得南桃说的真切,况且这个徒弟一贯秉性①憨厚②,不会说谎。看来这事情十有八九应该是真的。穆长老一边用手捋③着胡须一边在心里想:这难道是传说中的千年人参娃?

当天晚上穆长老带着南桃和北李一起躲在暗处。果然没过多久,那个穿着红肚兜的小孩就出现了。穆长老趁那小孩伏在缸口喝水的时候,悄悄地将事先准备好的一团红丝线的一端系在他的红肚兜后面的腰带上。次日一大早,穆长老领着两个徒弟顺着丝线找到了仙姑庙后面的一棵千年古树下。红丝线扎入了树旁的泥土中。北李拿出早已准备好的铁锹④,在红丝线扎入泥土的地方小心地挖掘,足足挖了六尺多深才挖到了丝线的尽头。果然是一棵约两尺多长的人形人参。穆长老高兴地说:"真是天助我也,让我得到这株千年人参,吃了它之后定能长生不老,飞升成仙。"

据说这种千年人参需要用文火煮三七二十一天,待人参完全煮化成乳汁后再饮用效果最佳。于是,师徒三人小心翼翼地将人参带回庙中,用清水洗干净,放入锅中用小火慢慢地熬煮。煮到第二十天的时候人参已经香味扑鼻。穆长老十分喜悦,让南桃和北李继续守着用文火慢煮,他去城里请自己的师兄们前来一同享用。

说来也实在是太巧了,第二天午后,张果老骑着小毛驴来到仙姑庙,他把毛驴拴在院子里的一棵大树边,连声呼喊:"穆长老!多日不见,兄长可好?"南桃听闻是张果老来了,便出门迎接,回答说:"先生来得不巧,师父昨日离家去请师伯们前来享用千年人参汤,还不曾回来。"

张果老一听说千年人参汤,忙好奇地仔细询问。南桃一五一十地把千年人参的来历叙说了一遍,并且领着张果老到厨房去看。张果老一进入厨

---

① 秉性,读音 bǐngxìng,指一个人的本来性格。
② 憨厚,读音 hānhòu,朴实厚道的意思。
③ 捋,读音 lǚ,用手指顺着抹过去,整理。
④ 铁锹,读音 tiěqiāo,起砂、土的工具,用熟铁或钢打成片状,前一半略呈圆形而稍尖,后一半末端安有长的木把儿。

房就闻到一股扑鼻的清香。正巧,南桃进厨房后看见灶头没柴了,就转身去院里抱柴。张果老揭开锅盖一看,浓浓的参汤已经熬成了乳白色,香味四溢,清脑提神。他心里想:"穆长老怎么也不请我尝尝鲜?既然他都没有想到我,这人参汤闻起来又这么香,我就偷偷地尝一口吧。"于是,他趁着此时没有人在,顺手拿起葫芦瓢①舀②了半勺人参汤尝了尝。哪知这人参汤美味无穷,张果老越喝越馋。他忍不住喝了一瓢又舀一瓢,一口气喝了七八瓢,直喝到锅都见了底。

张果老舀起最后一瓢汤正要喝,就听见院里的小毛驴在叫,张果老想:这毛驴可能是口渴了。它整天驮着我东走西跑,也够辛苦的,不如让它也尝一尝这难得的美味。就把最后一瓢人参汤给了小毛驴喝。小毛驴刚喝完,南桃正好抱着柴回来了。张果老从树上解下绳子说:"我有事先走了,等你师父回来,和他说一声我来过了就行。"说完骑上毛驴赶紧溜之大吉。

可是,张果老刚走出庙门,迎面就遇上了穆长老一行人。穆长老见了他,自然是盛情邀请他留下来一起喝人参汤,张果老哪里敢留下,慌忙推说自己有急事,赶快就走了。穆长老见张果老不愿留下也就只好作罢,他和师兄们都着急着想要喝那人参汤,大家迫不及待地直奔厨房而去。可是等他揭开锅盖一看,锅里却是空荡荡的。穆长老心想人参汤肯定是被张果老偷喝了。他气得脸色铁青,抓过门旁的一根扁担就追出门去,师兄们和两个道童也各自抄起家伙随后赶去。

张果老自知理亏,出了庙门跨上毛驴就跑。毛驴喝了人参汤,也仿佛通了人性,能理解主人的心情,不用拍打屁股就撒开四蹄拼命地奔跑。穆长老等人在后面一边追赶,一边喊:"张果老,你给我站住!"只是他们越是喊得紧,毛驴就跑得越快。毛驴从山坡上往下跑,一边跑一边颠簸,张果老在驴背上频频回头去看后面追赶的人,几次都差点摔下来。他就干脆掉过身来,两手紧紧抓住毛驴的尾巴,倒骑在毛驴背上继续奔跑。

哪知跑得着急了,慌不择路,毛驴跑过一座山坡之后,前面突然出现一

---

① 瓢,读音 piáo,就是用葫芦干壳做成的勺,用锯子锯开后得到的两半,一般用来舀水,或用来晒各种种子用。

② 舀,读音 yǎo,用瓢、勺等取东西(多指液体)。

个大湖,挡住了他们的去路。眼看穆长老的人越追越近了,还挥舞着手中的家伙大骂张果老。张果老心里一急,狠狠打了毛驴的屁股一掌,骂道:"畜生!那么多大道你不走,偏偏往这条绝路上跑,你要是不能飞过去,等他们赶上来了不扒了你的皮才怪呢。"话音刚落,忽听毛驴一声长叫,腾空而起,四蹄生风越过了大湖,落在湖对岸的草地上。张果老一见穆长老等人被隔在了湖对面,这才松了口气,找块空地坐下来歇息。他一边休息一边摸着毛驴说:"小毛驴呀,小毛驴,你可长了本事了。"

张果老因为偷喝了人参汤得道成仙了,他的小毛驴也因为喝了那瓢人参汤成了神驴。可是张果老也因为偷喝了人参汤被穆长老师徒追赶而留下了怪癖①,从此,只要一骑上毛驴就觉得穆长老师徒在后面追赶,不自觉地就会掉转身子往后看。时间一长,他就养成了倒骑毛驴的习惯。

---

① 怪癖,读音 guàipǐ,表示一个人所具有的区别于他人的、古怪的、与众不同的习惯,多表示贬义。

何仙姑得道

何仙姑是八仙中唯一的一位女神仙。她就好似万绿丛中一点红,在八仙之中格外引人注目。

据说,在何仙姑出生那天也是天生异象,一团祥瑞的紫气笼罩在何家房屋的上空,一群仙鹤在紫气中来回飞舞。突然,有一只硕壮的梅花鹿驮着一个头扎小辫、身穿红肚兜的女孩飞奔闯入何家,就在这时何母生下了一个白白胖胖的女婴。

何仙姑出生时,头上长有六根闪闪发亮的金发。长大后,她总是比同龄的小孩子要聪明、灵巧许多。何家的家境非常富裕,因此她从小都不愁吃、不愁穿。她的父母为人乐善好施,时常出钱帮助贫苦的穷人,她从小也就耳濡目染①,养成了一副好心肠,随时随处都会关心别人。

何仙姑的家乡零陵郡是一个山清水秀的好地方。在零陵郡的西边有一座云母山,山上盛产五色云母石。云母石可是古代人服食求仙的上等仙药。山间有一条清澈蜿蜒的小溪潺潺②地奔流而下,一直流到山脚下。人们把这条小溪叫作云母溪。何仙姑的家就在秀丽的云母溪畔。她自小就喜欢在云母溪边嬉戏玩耍。喝云母溪水长大的何仙姑,自然出落得美丽灵秀。

十六岁那年,有一天,她和同伴在云母溪畔玩耍嬉闹,偶然遇见了一位白发苍苍的长胡子老翁,老翁向她询问了一些当地的情况,何仙姑都伶俐地

---

① 耳濡目染,读音 ěrrúmùrǎn,濡:沾湿;染:沾染。意思是耳朵经常听到,眼睛经常看到,不知不觉地受到影响。

② 潺潺,读音 chánchán,形容水缓缓流动的样子。

119

一一作答。老翁非常高兴,从自己的背囊里取出一枚新鲜的蟠桃送给她吃。何仙姑接过蟠桃,谢了老翁,然后几口就把蟠桃吃下了肚。老翁看着她吃完了蟠桃,满脸笑容地点点头,转身就不见了。回家后,何仙姑一连几天都不觉得腹中饥饿,也不想吃东西,但是依然精力充沛。

一个月之后,何仙姑又在云母溪边遇到了那位老翁,这次老翁把她带到云母山上,教给了她采集和服食云母的方法。何仙姑按照老翁的指点,每天到云母山上采食云母,逐渐感觉到自己身轻如燕,往来山顶,行走如飞。此外,她不仅能辨识和采摘山中的各种仙草灵药,为附近的百姓治疗各种疾病,还能预测人事。

虽然何仙姑长得如花似玉,十分美貌,但是性格要强,又会一些本领,因此竟没有人敢娶她。何母为此忧心忡忡①,可何仙姑自己却若无其事,整天出入于山野乡村,忙着采药,为人治病。父亲也三番五次地催促她出嫁,她却坚持说她不想嫁人,只希望能专心修道。这可把她的父母急坏了,到处托人为她做媒。可是何仙姑并不理会父母的一片好意,反而更勤快地吃斋打坐。最后,父母亲拿她没有办法,只得放弃了让她出嫁的念头。

---

① 忧心忡忡,读音 yōuxīnchōngchōng,忡忡:忧虑不安的样子。忧心忡忡,形容心事重重,非常忧愁。

一天,何仙姑进入云母山密林深处采药,遇到一位神奇的人,他手里拿着一根铁制的拐杖,身后背着一个硕大的酒葫芦,衣衫褴褛,好像一个乞丐似的。这个人在何仙姑前面不远的地方,边走边唱,口中念念有词,不一会儿,竟腾空而去,不见踪影,这个人正是八仙中的铁拐李。何仙姑留意着他的样子,偷偷跟着他的口诀默默地念叨着,希望自己能够像他一样,腾云驾雾,凌空飞翔。从此后,她常常一个人偷跑到深山中修炼,身法愈来愈熟练,飞得也越来越远。

有一天,她一大早回到家,带着一些野果来到父母亲的房里说:"爹,娘!女儿在山中摘了一些鲜果,想让你们尝尝鲜。"父母亲非常开心。他们活了这么大的年纪,从来也没有见过这种水果,而且这种水果有一种淡淡的香味,所以他们就高高兴兴地吃下了这些鲜果。

其实,此时的何仙姑早已经成仙了,这些鲜果是她专程从天上摘下来送给父母的。送完仙果之后,何仙姑就突然消失不见了,从此云游四海,为世人消灾解难去了。据说她经常在南方一带行云布雨、消灾除疫、解救苦难。凡是心地善良的人如果需要她的帮助,只需默默向天空祈祷,她就能像"及时雨"一样立刻赶到。

吕祖洞宾

吕洞宾出生于一户官宦人家。当他还在襁褓①中的时候,家里人就请了一位马祖禅师给他算命。马祖禅师一见吕洞宾便称赞说:"这孩子相貌不凡,只怕不是个凡人呢。有朝一日,必然会出家求取仙道,并能得道成仙。"家里的人一听,很是高兴。

吕洞宾的祖父和父亲都是读书人,世代都在朝廷做官,因此他从小就受到诗书的熏陶,再加上吕洞宾天生聪明伶俐,读书过目不忘,出口即能成章,写文章更是轻而易举的事。吕洞宾年轻时也想要像祖父和父亲一样,考取功名,然后到朝廷里做官。但是这样一个学富五车、才高八斗的人,却接连考了两次进士都没有考中。

到了四十六岁那年,吕洞宾又去参加考试。他来到长安准备投宿时,在客店里看到一位身着青衣白袍的人,正在墙壁上题诗。这个人就是汉钟离。吕洞宾见他才华横溢②、与众不同,便上前与他交谈。汉钟离对他说:"我道号云房先生。住在终南山鹤岭,你可愿意抛弃荣华富贵,随我四处云游,求访仙道吗?"吕洞宾此时还一心想要考取功名,不愿意答应汉钟离的邀请。

汉钟离和吕洞宾同住在这家客店。傍晚时分,汉钟离独自一人在院中做饭,吕洞宾则早早躺下睡觉,不一会儿,就进入了梦乡。睡梦中,吕洞宾梦到自己考中进士,官场得意,一直高升做到大学士的职位,又当上了朝廷宰相,子孙满堂,极尽荣华。可是因为权位太高,引起了奸臣的嫉妒,不久就遭

---

① 襁褓,读音 qiǎngbǎo,指背负婴儿用的宽带和包裹婴儿的被子。
② 才华横溢,读音 cáihuáhéngyì,多指在文学艺术方面很有才华。

到陷害,被判了重罪,家产都被充公,妻子儿女也都分散了,到老后只剩下自己独自一人,穷困潦倒①,骑着马站立在风雪中,正感到凄凉的时候,突然一觉醒来。他睁开眼睛,透过窗户看见汉钟离还在院中做饭。

汉钟离见他起身走到窗前,就笑着对他说:"我的米饭都还没煮好呢,你已经梦到神仙国了。"吕洞宾感到非常惊讶,连忙说:"先生知道我刚才做的什么梦吗?"汉钟离则说:"真真假假,假假真真。一生的荣华富贵转眼间就过去了。你得到了什么,不要觉得高兴;失去了什么,也不要感到悲伤。只有看透世间红尘的人,才知道人生一世只不过是一场梦而已。"

听完这番话,吕洞宾感到非常惭愧,他顿时领悟到高官厚禄、富贵荣华只不过转瞬间的事。他立刻跪下来求先生收他为徒,传授道法。但是汉钟离怕他意志不坚定,想再试试他求道的决心,就说:"你需要通过十项考验,我才收你为徒弟。"

吕洞宾毅然答应了汉钟离的要求,经过几年的时间,汉钟离一共对吕洞宾进行了十次考验,吕洞宾都以平常心态对待,把世间的繁华看得很平淡。一日,吕洞宾上街卖货,买主与他讨价还价半天,本来已经说好了价钱却又反悔变卦,只肯付给一半的钱。吕洞宾不争也不恼,让买主大摇大摆地把货

---

① 穷困潦倒,读音 qióngkùnliáodǎo,穷困:贫穷、困难;潦倒:失意。穷困潦倒指生活贫困,失意沮丧的样子。

物拿走。又有一次,吕洞宾去山中牧羊,忽然遇见一只饿虎追捕羊群。他保护羊群下坡躲避,自己上前以身挡虎,老虎见之悻悻而去①。这天,吕洞宾在山中茅舍读书,忽然来了一个漂亮的女子,声称自己迷了路,前来求宿。这女子在茅舍中对他百般挑逗,晚上还要与他共住一室。吕洞宾始终坐怀不乱,不予理会,女子无奈只得离去。还有一次,吕洞宾和其他人一起乘船渡河,船行至河中央时突然狂风暴作,波涛汹涌,众人吓得惊慌失措,唯有吕洞宾神态自若,端坐不动,置生死于度外。

汉钟离见他每次都能顺利通过考验,就对他说:"我试了你很多次,你都能顺利过关,由此可见,你意志坚定,一定可以得道,不过你还得立三千功、八百德才能成仙。"

自此吕洞宾就用从汉钟离那里学来的仙术和剑法不断地四处济世助人,行侠仗义,斩妖除害,为民造福。他终于积累够了三千功和八百德,最终修炼成仙,成为八仙之一。后来,吕洞宾被全真教奉为北方五祖之一,后世称他为吕祖或者是纯阳祖师,是八仙中最为出名的神仙。

---

① 悻悻而去,读音 xìngxìng'érqù,意思是带着怨恨愤怒的情绪离开。

采和化仙

  传说蓝采和是赤脚大仙降生,是一位玩世不恭、行为怪诞①、爱唱爱跳、行乞讨饭的道士。他经常穿着一件破破烂烂的蓝色衣衫,腰有三尺多宽,腰间系着一条用黑木头雕成的腰带,腰带上还有六块黑色的木质装饰物。他一只脚穿着靴子,另一只脚光着走路。夏天,他在单衣里填上棉絮,却不觉得热。冬天,他时常穿着短袖衣服躺在雪地上,也不觉得寒冷。而且更奇怪的是,许多年前在他身边嬉戏玩耍的小孩子如今都变成了老爷爷,可他却依然很年轻,一点儿也没有改变。

  蓝采和很喜欢喝酒,而且经常喝得酩酊大醉②。蓝采和的手里拿着一副长三尺有余的大拍板,每次喝醉了就用这副大拍板一边打着拍子,一边大声地唱歌。歌词也是他随意而作,想到什么就唱什么。每到一个地方,他的歌声都能吸引很多人,无论男女老幼都很喜欢听他唱歌。其实,他唱的歌并没有人听得懂,只是他聪明机灵,说话又很风趣,常常惹得大家捧腹大笑、前翻后仰。别人问他问题,蓝采和的回答也总是充满着高深莫测的仙道,所以能够吸引大家的注意。

  有时他的行为举止也十分令人费解。人们看他穿的衣服破破烂烂的,一副可怜的样子,就时常施舍钱财给他,但是他却把得到的钱财用一根绳子串起来,然后拖在地上走。拖着拖着,钱就散落在地上,蓝采和也不弯腰去捡。在他看来,钱财确实是身外之物,不值得为了它而徒生烦恼。

---

① 怪诞,读音 guàidàn,荒唐离奇的意思。
② 酩酊大醉,读音 mǐngdǐngdàzuì,形容醉得很厉害。

他也会把钱拿去救济穷人,如果有剩余的钱,就去喝酒。他常常对人说:"所有东西都是身外之物,生不带来,死不带去,何必计较这些呢?"他的身上通常都没什么钱,可是却能云游四方,逍遥自在。

蓝采和还经常进山寻访得道高人,饿了就在山里寻找些甘甜的野果吃,渴了就喝几口溪涧清澈的泉水,生活倒也逍遥自在。

这一天,他走到一个荷花池畔,放眼看去,池塘里的荷花开得正艳,在阳光的照射下显得格外清新脱俗。一阵风吹过,荷叶随风摇摆,散发出阵阵清香,残留在荷叶上的小水珠沿着叶子轻轻地滚动着,这些晶莹的水珠能将阳光折射出五彩的颜色。莲茎细长而有力地挺立其中,支撑起一朵朵亭亭玉立的荷花又或者托举起一棵棵翠绿的莲蓬,荷花有粉红的、有淡黄的、有雪白的,与青绿的莲蓬互相衬托着,鲜艳动人,美丽无比。

和这良辰美景格格不入的是,在池塘的旁边有一个曲眉大眼、方脸大肚的老者,正躺在地上低声呻吟,黑乎乎的肚脐边一块疮①已烂得流脓,还混合着许多暗黑色的瘀血。蓝采和见了心中不忍,忙跑到他身边,用手帮他挤那脓疮,弄得蓝采和手上、身上到处都是血污。

脓血挤尽了,蓝采和就站起身来,准备去给这个人找个大夫看看到底是怎么回事。哪知才刚起身,那老者肚子上竟然哗哗地流出血来,比刚才还要厉害,而且随着流血过多,老人的脸色立刻由黑变白,危在旦夕。蓝采和顿时傻了眼,心想,这可如何是好?他呆呆地立在原地,不知所措。

过了一会儿,那老者突然睁开眼睛,盯着蓝采和,有气无力地说道:"你这个傻瓜,还不赶快用篮子去提一篮子水来,这里还流血呢!"蓝采和看见老人的身边确实有一个竹篮,可是都说竹篮打水一场空,怎么可能打得来水呢?蓝采和苦笑了两声,又听见老者数落他说:"你是我见过的最笨的一个人了,你用那塘里的淤泥糊在篮子的空格上,不就行了!"说完叹了一口气。蓝采和脸一红,照着老者的话做。这下子竹篮虽然能够盛水了,可是等提到老者身边的时候,清水早已经变成了浑浊的泥汤!那老者瞪了他一眼,发怒道:"蠢货!还不快把它倒掉,换一篮子清水来!"

---

① 疮,读音 chuāng,皮肤上长出来的红肿块,表面隆起,分布着脓包微粒。

蓝采和心中来了火,却又敢怒不敢言,毕竟那是个可怜的老头子。他正在一筹莫展①的时候,忽然看见旁边一位年轻俏丽的女子,捂着嘴笑他呢!这么一来他就更加窘迫②尴尬③了。那女子说:"大哥,你咋不想想办法呢?"蓝采和看了看荷塘,又看了看竹篮,搜肠刮肚,还是一点儿办法都没有。女人看了老者一眼,老者也看了她一眼,女人就嗤嗤④地笑着说:"你看那翠绿的荷叶和黑黑的泥巴,哪个糊篮子更好?"

蓝采和看着清绿滴翠、宽大的荷叶,恍然大悟地拍了一下脑门子。然后就去摘了几张荷叶来叠在篮子里,提了一篮子清澈的水来。老者仰倒在地,蓝采和自然会意,将篮子里的水噗⑤、噗、噗地泼在那脓疮上。老者的肚子立时就变得光滑起来,完全看不出曾有过脓疮。蓝采和感到非常奇怪,瞪着眼睛,张着嘴巴,百思不得其解。那老者翻身站起来,指着荷塘对他说:"真是个呆木头!这水出奇得很,喝一口看看是什么味?"

---

① 一筹莫展,读音 yīchóumòzhǎn,指一点儿计策也施展不出,一点儿办法也想不出来。
② 窘迫,读音 jiǒngpò,指人所处的环境十分为难。
③ 尴尬,读音 gāngà,指处于两难境地无法摆脱。
④ 嗤嗤,读音 chīchī,拟声词,指嘲笑的声音。
⑤ 噗,读音 pū,拟声词,水、气挤出的声音。

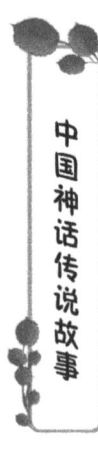

蓝采和用双手捧了一捧水喝了下去,一股清香沁人肺腑①,而且他的身子也突然变得轻轻松松,飘飘然起来。那女子捡起篮子,嫣然一笑②:"恭喜你成仙了。"说时迟那时快,就见那老者提了蓝采和一把,顿时他和他手里提着的竹篮子就一起离开了地面,老者说:"我们去蓬莱岛玩玩!"蓝采和腾空而起,看见膝下萦绕着蘑菇状彩云,追随着老者和那手持荷花的女子而去。你知道那老者和那女子是谁吗?原来正是全真老祖汉钟离和荷花仙子何仙姑。

---

① 沁人肺腑,读音 qìnrénfèifǔ,意思是像新鲜空气吸入肺腑中一样,使人感到非常舒适。

② 嫣然一笑,读音 yānrányīxiào,意思是形容女子笑得很美。

韩湘子吹箫

韩湘子是吕洞宾的徒弟,在八仙之中他算是一位风度翩翩①的斯文公子。据说他还是唐朝著名大文豪韩愈的侄儿。

韩湘子很小的时候,他的父亲就去世了,家里只能靠母亲做些针线刺绣之类的女工活儿来维持生活。虽然日子过得很困苦,可是他母亲非常勤劳,无论如何也会想方设法地筹钱来供他们兄弟读书,希望他们将来能够出人头地、求得功名、光宗耀祖。只是这韩湘子从小就不喜欢读书,还整日游手好闲、四处浪荡、饮酒作乐。母亲苦口婆心地教导他,他却把母亲的话当成耳旁风,白白辜负了母亲的一片苦心。

韩湘子二十岁的时候,有一次去洛阳城探亲。一到洛阳城就被当地秀丽的山川景致所吸引,从此一去不复返,音讯全无。直到有一年,韩愈大寿,正在招呼宾客之际,韩湘子忽然回来了。只见他扮成一个道士的模样,衣衫破旧、行为怪异。韩愈见了真是又好气又好笑,只是在场宾客众多,也不好骂他,只得作罢。

后来,韩愈又劝他去上学读书,但是韩湘子根本就不听老师讲课,还带着底下的仆人喝酒、赌博,喝醉了就睡在马房里,一睡就是几天,或者就干脆露宿街头,和乞丐没有什么区别。韩愈看到他这个样子,很是为他担心。

有一次,韩愈问韩湘子:"人生在世,每个人都要各有所长,就算小摊小贩也有一技之长,你如此胡闹,将来能做什么呢?"韩湘子说:"我当然也有一

---

① 风度翩翩,读音 fēngdùpiānpiān,风度:风采气度,指美好的举止姿态;翩翩:文雅的样子。风度翩翩,常用于形容男子的行为举止文雅优美。

门别人都没有的技巧。只是你不知道罢了。"韩愈问:"那你能做什么?"当时正是初冬季节,韩湘子就叫家人从花房里搬来几盆牡丹,说:"叔叔,你看见了吗?咱们家的牡丹花是什么颜色?"韩愈哭笑不得地说:"当然是红色的呀。"韩湘子沉默了一会儿,然后一边嘴中念念有词,一边动手给牡丹花重新培土、施肥、浇水。等他弄完之后,大家再看,牡丹花已经变成了各不相同的颜色,五彩缤纷、形态各异地在风中摇曳①。大家看了,都惊叹不已。

尽管如此,韩愈还是觉得他这样整天不务正业、游手好闲的生活并不是长远之计,又苦心劝诫他要用功读书,可是韩湘子却回答他说:"我和你的志向不同,凡世间的功名利禄,我都没有兴趣。"韩愈听了很生气对他说:"你既然有自个儿的志向,我倒想听听有什么特别之处。"韩湘子默不作声地拿起笔在纸上写了一首诗,诗的意思是说他想要求道成仙。韩愈看了,非常惊讶地问:"神仙是无所不能的,你想求道,到底想学些什么呢?"于是韩湘子又当场写了一首诗,韩愈不知道他写的意思是什么,不过看了诗之后,才发觉他的文笔并不差。于是又问了韩湘子,跟谁学的作诗。韩湘子答说:"早在几年前,我在街上遇到了纯阳先生,从那时候起,就跟随他学习仙道直到现在。"韩愈点点头说:"既然你有自己的志向,叔父我也支持你,你就专心求道吧!"

不久之后,韩愈因为反对皇帝的主张遭到降级,被外调到很远的地方。临行前韩湘子冒雪来给他送行,并且对他说:"以后要见面就得看上天的安排了。"韩愈这时才知道侄儿其实已经成仙了。

韩湘子自小喜欢吹箫。他手中有一件法宝叫作紫金箫,是用南海紫竹林里的一株神竹做成的。据说这支神箫,还是东海龙王的七公主送他的呢!

有一年,韩湘子四处云游,来到了东海之滨。他听说东海有一个龙女擅长音律、精于歌舞,很想见一见,于是,他天天都到海边去吹箫。这一天,是农历的三月初三,正是东海龙女出海春游的日子。夜里,龙女听见海边传来一阵悠扬悦耳的箫声,觉得很好奇。她从未听过如此美妙的音乐,余音袅

---

① 摇曳,读音 yáoyè,形容东西在风中轻轻摆动的样子。

袅①,不绝于耳。龙女被箫声深深地吸引住了,便化作一条银鳗②,情不自禁地寻声而去,来到海边静听。

韩湘子吹完了一曲,正好海水也退了潮。这时,他发觉海滩上有一条银鳗,因误了潮而搁浅,正泪光莹莹地抬头望着他。看它的神情似乎还陶醉在乐曲声中,韩湘子微笑着说:"小银鳗啊小银鳗,难道你也懂得其中的奥妙?你若是个知音,请把我的情意传到水晶龙宫去吧!"银鳗听了,连连点头。

韩湘子十分惊讶,出于好奇心,他又吹起了玉箫。想不到那银鳗居然精通人性,伴随着箫声在明媚的月光下婆娑起舞③,跳起了神奇的舞蹈。韩湘子看得出了神。突然银光一闪,银鳗不见了,月光下出现了一个天仙般的龙女,龙女边舞边唱,韩湘子完全看糊涂了。歌舞声中,月儿渐渐西坠,潮水慢慢回涨,天快亮了。忽然,一个浪花扑来,银鳗和龙女都不见了。这种情景,一连持续了三个晚上。

第四天傍晚,韩湘子又来到海边吹箫。可是不知什么缘故,吹了很久,龙女也没有出现。他一气之下,把心爱的玉箫狠狠地摔在地上。玉箫摔断

---

① 余音袅袅,读音 yúyīnniǎoniǎo,形容音乐悦耳动听,令人沉醉。
② 鳗,读音 mán,一种鱼类,身体细长,前圆后扁,生活在淡水中,到海洋产卵。肉含丰富脂肪。
③ 婆娑起舞,读音 pósuōqǐwǔ,形容跳起舞来的姿态。

了,可是龙女还是没有出现。

韩湘子正沮丧地往回走,忽然听见背后有人喊他。回头一看,却是一位陌生的渔婆。渔婆朝韩湘子行个礼说:"公子,我家公主感谢你的美意,特地差我出来传话。实不相瞒,前几夜在月下歌舞的正是东海龙王的七公主。只因与公子相见之事被龙王知晓,龙王很生气,将七公主关在龙宫,故不能前来相见。今天她叫我奉献南海普陀神竹一枝,望公子制成仙箫,谱写神曲,救龙女脱离苦海!"说罢,渔婆递上一枝神竹,便化成一阵清风不见了。

韩湘子寻到一处深山古洞,在洞中将神竹潜心打造成一支紫金箫,然后日夜谱曲吹箫,果然练出了超凡绝世的本领。只是可怜的龙女,因为偷偷送了韩湘子一枝神竹,被观音菩萨罚为侍女,永远不得脱身。据说,东海渔民至今还常常听到海上有悠扬的箫声,那是韩湘子思念龙女,心里难受,在天上为她吹箫呢!

曹大国舅

  曹国舅是八仙中得道最晚的一位神仙。他本名叫曹佾①,是北宋朝第四位皇帝宋仁宗的皇后——曹皇后的弟弟。因此被称呼为曹国舅。这位曹国舅仗着自己是皇亲国戚,有皇后为他撑腰,整日吃喝嫖赌,无恶不作。当地的官吏都畏惧他的地位,对他的恶行也是敢怒不敢言。

  一天,他的手下听说有个富甲一方的珠宝商要经过此地,而且这个珠宝商人的身上还携带着一颗世上稀有的宝珠——还魂珠。于是,他们便纠集了当地的一伙地痞流氓②,带着兵器埋伏在半路上。等商人从此地经过的时候,他们忽然从路边闪出来,三拳两脚将商人活活打死,然后连人带宝珠一起埋在一棵树下,想等过几天风声小了之后,再来挖取宝珠。

  可是谁曾想到,刚埋好没多久,正巧就有一只野狗从这棵树下经过,它闻到了血腥的味道,以为有好吃的食物,就用爪子刨开新挖填平的泥土,却没有找到什么好吃的东西。野狗见到尸体露天,"汪汪"地叫着逃走了。随后有人路过此地,发现这里出了人命案件,立即投奔开封府向包公报案。

  包公立即派张龙、赵虎带着人马跟随报案的人到现场勘查,果真发现了尸体和宝珠。尸体被挖出来之后身上还带着一丝温度,大家就抱着试试看的心理,把还魂珠塞进了那具尸体的嘴里。大约过了一顿饭的工夫,商人苏醒过来,向包公述说了自己的冤情。包公听那商人陈述完冤情,弄清了这群

---

  ① 曹佾,读音 cáoyì,人名。
  ② 地痞流氓,读音 dìpǐliúmáng,本指当地的无业游民。后用以指不务正业,为非作歹的人。

抢劫杀人犯的面貌和体型特征,心中早已明白是何人所为。他气得拍案大叫:"好哇,曹国舅竟敢如此胆大包天!"

曹国舅和那群地痞一起被官差们押到了大堂上,在人证物证面前,他们再也无法抵赖,只好磕头认罪。包公做出断决:"你等谋财害命,按律该斩。幸而人已经救活,劫宝也未遂①,姑且免除你们的死罪。今后如果再犯法,定斩不饶!"曹国舅一伙人吓得汗如雨下,连忙不停地磕头谢恩,然后灰溜溜地离去。

经过这件事情之后,曹国舅实在是觉得颜面扫地,没法继续在家乡混下去了,就决定离开家乡,远走他方。这位国舅爷平日里在府中可是个锦衣玉食,衣来伸手、饭来张口的贵公子。每次出行都是脚不沾地,不是骑马就是坐轿,前呼后拥,好不威风。如今离家出走,为了不暴露行踪、不引起别人的注意,可不能再带这么多的随从和仆役,只能徒步前行了。他从来没有走过这么多的路,才走了几天脚板上就长出了一个个水泡,每迈一步都得咬一下牙关。再说他平时出门都不用自己带钱,自有管家和家丁们负责给钱,所以根本没有想到要带盘缠②,两手空空就出门了。等到要吃饭的时候,他才发现自己身无分文,只好把身上所有值钱的东西都拿去当铺换成盘缠。

这一天,他来到了一个村子里,此时钱已经花光了,身上值钱的东西也卖完了。曹国舅又困又饿,就靠在一家铺店的檐墙③上打起盹来。忽然觉得有人推了推他的肩膀,他迷迷糊糊地眯起眼睛一看,原来是以前在宫里常常见面的张太监。张太监一见曹国舅醒了,慌忙行礼,毕恭毕敬地对他说:"国舅爷,您让我们找得好苦呀!自从您离开京城后,皇后娘娘想您想得是茶不思、饭不想,凤体欠安,特命我等来接您回京去。"说完,朝后一摆手,叫道:"快来呀,国舅爷在这里!"只见一顶八人抬的黄缎大轿已经抬到了他的面前。曹国舅被那位太监搀扶起来,半推半就地来到了轿子前。他正想抬脚上轿,忽然意识到自己既然选择了离家出走,就万万不能再跟随这张太监返回京城去,于是使劲挣脱张太监的搀扶,转身逃走了。

---

① 未遂,读音 wèisuì,没有达到,没有实现的意思。
② 盘缠,读音 pánchan,路费。
③ 檐墙,读音 yánqiáng,建筑物外部的纵墙,习惯上称为檐墙或外纵墙。

但是，曹国舅仍然是饥渴难耐，就到村子里去讨饭吃。村民一盘问，发现他是曹国舅，就咬牙切齿地说："我这饭宁愿喂狗，也不给你吃！"他心里越想越气，责怪包公连累他落到如今这步田地。他想着想着，不由怒火中烧，恶狠狠地说："包公，你给我等着，有朝一日我要把你全家斩尽杀绝，一个不留！"

正骂着，忽然听到有人在叫他的名字："曹国舅啊曹国舅，事到如今，你还心生恶念，不思改悔！"曹国舅一看，原来是汉钟离和吕洞宾二位神仙站在眼前，慌忙下跪，叩头恳求说："大仙救我，刚才弟子是因为饿得头晕眼花，才会失去了理智，在此发泄怨气。从今以后，弟子决心抛弃一切人世间的私心杂念，悔过自新。弟子愿意抛下皇家厚禄，扔掉御赐金牌，表明心迹。求大仙指点迷津，带弟子修行学道吧！"

吕洞宾微微一笑，说："如此最好，你且闭上眼睛。"曹国舅听从吩咐闭上了眼睛，只觉身子像一片鹅毛一样轻轻飘起，耳边呼呼有风，好似腾云驾雾一般。过了一会儿，又听吕洞宾说："睁开眼吧！"曹国舅睁眼一看，发现自己已经在一座山冈上。汉钟离说："你跪在这里，三拜九叩，向天悔过，向地自新，向民请罪。你的吃穿用度，自有仙童会送来，你要好自为之，三年后，我们再来看你。"

曹国舅拜了三拜，说："弟子一心求仙学道，即便要受尽千辛万苦，粉身碎骨，我也誓不反悔！"他按照两位大仙的指点，坚持每天到后山去砍九根擀面杖①粗细的青藤针棍，铺在山冈上，然后跪在上面三拜九叩，忏悔过去，修身养性。

三年过去了，青藤针棍已经在山顶上铺了二十多丈高。这天，汉钟离和吕洞宾来到他眼前说："三年来你在此叩拜参禅，还算虔诚，现在你要接受更大的考验，你必须点火自焚，彻底了却凡间的恩怨。"说罢，扔下一个火种，驾起云走了。

曹国舅拿起火种，心乱如麻。他看看火种，再看看脚下经过三年积累起来的厚厚的青藤针堆，心里说不清是什么滋味。停了好一会儿，突然喊出了

---

① 擀面杖，读音 gǎnmiànzhàng，一种两端装有手柄或圆头的圆柱体，用于擀、辗面团的木棒。

一声撕心裂肺的声音:"苍天啊苍天,我曹国舅纵有悔过自新的决心,可是,到头来还落了个如此下场,真是报应啊!"说完,紧闭双眼,颤颤①地把火种扔进青藤针堆里,然后绝望地闭上了眼睛。只听见"轰"的一声,在他的身边顿时燃起了漫天大火。曹国舅正等待着经受烈火焚身的痛苦,谁知,天空中突然霞光万道,紫气霭霭②。曹国舅在冲天的大火中,冉冉升上了天空。

天空中传来一阵大笑:"曹国舅!我们恭候你多时了!"曹国舅睁眼一看,只见铁拐李、汉钟离、张果老、何仙姑、吕洞宾、蓝采和、韩湘子七位大仙都在向自己招手呢。铁拐李说:"你这三年的苦没有白受,炼就了一块无价之宝,你可要为民造福呀!"曹国舅低头一看,只见自己脚下踩了一块像玉石一样的板,上面写着"云阳板"三个光芒四射的大字。他笑了笑,踏着祥云,随众大仙云游去了!

① 颤颤,读音 chànchàn,抖动的样子。
② 霭霭,读音 ǎiǎi,形容云雾密集的样子。

八仙过海

这一日,八仙参加完王母娘娘的蟠桃会后,腾云驾雾经过东海,见海面波澜壮阔,景色迷人,顿时玩兴大发,决定去东海游玩一番。吕洞宾提议说:"我们既然都是神仙,就不要乘船啦,大家各自施展自己的道法渡过东海,比比看谁的神通更大,怎么样?"众仙听了都表示同意。

于是,他们来到东海边上,各自亮出了自己的法宝。铁拐李第一个把拐杖投入水中,只见拐杖像一只小船一样漂浮在海面上,铁拐李一个筋斗跳到拐杖上站好,准备出发。接着,汉钟离也把手中的芭蕉扇往海里一扔,盘腿坐在了芭蕉扇上,休闲地向前漂去。清婉动人的何仙姑紧随其后,将荷花往海里一放,顿时红光四射,仙姑亭亭玉立在荷花中间。其余众仙也不甘落后,纷纷施展法术:张果老倒骑着毛驴,吕洞宾踏着宝剑,韩湘子坐着紫金箫,蓝采和站在拍板上,曹国舅踩着云阳板。八位神仙各显神通,悠然地遨游在碧波万顷的大海上。

众仙正玩得开心,不知道什么时候,有人发现蓝采和竟然不见了。大家着急地四处寻找,大声呼叫,就是不见蓝采和的踪影。原来是因为他们在海面遨游,掀起的巨浪震动了东海龙王的龙宫。东海龙王恼羞成怒,把蓝采和抓到龙宫去了。其余七位神仙发现后火速前往龙宫要人,可是好说歹说,东海龙王就是不肯放人,于是双方激战起来。

在打斗中,众仙斩杀了东海龙王的两个龙子,东海龙王怒不可遏①,急忙

---

① 怒不可遏,读音 nù bù kě è,意思是愤怒得难以抑制,形容十分愤怒。

去请南海、北海、西海龙王前来帮忙，不制服众仙誓不罢休。四海龙王联手，吸来了三江五湖四海的水，掀起惊天巨浪，杀气腾腾地直奔众仙而来。正在这千钧一发之际，忽见一道金光闪烁，浊浪中闪出一条路来。原来曹国舅的云阳板天生就具有避水的神奇功能。曹国舅怀抱云阳板在前面开路，众仙在后面紧紧跟随，任凭巨浪排山倒海，却也奈何不了他们。四海龙王见此情景，十分恼火，又调动了四海兵将准备再战。

  双方势均力敌，打得天昏地暗也难分胜负，直到如来佛祖和观音菩萨赶来调解，战斗才得以平息。最终，东海龙王放出蓝采和。蓝采和则把自己的两片玉板赠送给东海龙王，作为补偿。八仙因为此事被玉皇大帝降级一等，从此以后再也不敢任性妄为了。

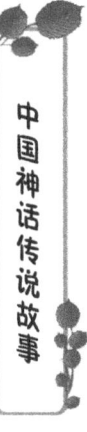

杜宇化鹃

远古时代,有一个部落的首领,因为从黄帝的妻子嫘祖那里学到了养蚕的技术,就教导自己部落的百姓养蚕,他因此被称为"蚕丛"。那时候,这个部落的人们没有固定的居所,他们在部落首领蚕丛的带领下四处迁徙,所到之处,都很快就形成了热闹的养蚕市集。最后他们终于在蜀地定居下来,建立了蜀国,蚕丛也因此成为蜀国的国王。

后来,蚕丛死后由柏灌①继承了王位,柏灌又将王位传给了鱼凫②。可是,鱼凫去世以后,蜀国就再也没有了出色的首领可以继承王位。

也不知道过了多少年,忽然有一天,有一个男子从天而降,落在了蜀国东南的郫县③。这个男子自称叫杜宇。恰巧在他出现的时候,有一个名叫梁利的女子,也正从岷江④边的井水里涌现出来。这天造地设的两个奇人在蜀国相遇之后就两情相悦,结为夫妻。杜宇自立为蜀王,号称望帝,并把郫县这个地方定为他的国都。

望帝当上国王以后,非常关心人民的生活,他教导人民如何种植庄稼,还时常叮嘱大家要抓紧天时季节,不要耽误了田里的生产。他得到人民的拥护和爱戴,邻近的地方也受到蜀国的影响而努力发展农耕。只是那时候

---

① 柏灌,读音 bóguàn,人名。
② 鱼凫,读音 yúfú,人名。
③ 郫县,读音 píxiàn,地名。
④ 岷江,读音 mínjiāng,江的名字,中国长江上游支流,在四川省中部,发源于岷山南部,在宜宾汇入长江。

蜀国经常发生水灾,望帝虽然因为百姓们遭受水灾的祸患而忧心忡忡,但是他一时也想不出有什么好的办法可以把水患根除。

有一年,长江又发大水了,忽然从波涛汹涌的江水中逆流浮上来一具男子的尸首。大家见了都很奇怪,因为按照常理尸首应该是顺着水流的方向往下游漂浮,而这具男尸竟然逆流而上,往上游的方向漂浮。人们把这具尸体打捞了上来。然而,更奇怪的是,尸体刚刚被打捞起来,才一接触到江岸的地面就立刻复活了。这个复活的人自称他是楚国人,名叫鳖灵①,不知怎么的,在江边行走的时候,一不小心失足落入水中,便从楚国一直来到了这里。

望帝听说江水送来一个怪人,也十分好奇,便命人把他带来相见。望帝和鳖灵一见如故,两人聊得非常投缘。望帝觉得鳖灵不但聪明睿智,并且水性很好,况且蜀国又时常发生水灾,他认为这个人如果能留在蜀国的话,必然能够发挥他的才能,因此就任命他为蜀国的宰相。

鳖灵做了宰相之后没过多久,一场洪水忽然暴发,由于巫山的峡谷过于狭窄,把长江的水流壅塞②住了。望帝就叫宰相鳖灵前去治理洪水。鳖灵在

---

① 鳖灵,读音 biēlíng,人名。
② 壅塞,读音 yōngsè,堵塞的意思。

治理水患这件事上,果然表现出非凡的才能。他带领人民凿开了巫山,使壅塞的水流通过巫峡,奔流到大江里去,将洪水的灾患给平息了。望帝因为鳖灵治水有功,自愿将王位禅让给他,鳖灵也欣然地接受了王位,号称开明帝。

望帝将王位禅让给鳖灵之后就独自到西山去隐居了。可是,望帝在西山隐居没有多久,就隐约听到了一些谣传。谣传说,当鳖灵到外面去辛苦治水的时候,望帝却在家里和鳖灵的妻子私通。鳖灵治水回来后,望帝因为对自己的所作所为感到羞惭,才把王位禅让给鳖灵,自己跑去隐居的。

这些谣传对望帝的名誉损害非常大。望帝当初对鳖灵的一番光明磊落①的心意,如今反而被人当作卑鄙龌龊②的念头,这使得隐居在山林中的望帝百思不得其解。他百口莫辩③,心中暗自为自己把帝位禅让给鳖灵的决定感到懊悔。就这样,他终日郁悒④愁闷,最后悲惨地死在了隐居的山谷中。

望帝死后,他的魂灵化作一只小鸟,名叫杜鹃鸟。杜鹃鸟整天在树林里朝着蜀国的方向一声一声悲哀地啼叫,一直叫到它的口里流出了鲜血。如今,居住在巴蜀地区的人们听到杜鹃鸟的啼叫就会感到悲哀,因为他们想起了深受人们爱戴的望帝杜宇。

---

① 光明磊落,读音 guāngmínglěiluò,意思是形容人的行为正直坦白,没有任何不可告人之处。

② 卑鄙龌龊,读音 bēibǐwòchuò,形容品质恶劣,心术不正,语言肮脏的坏人。

③ 百口莫辩,读音 bǎikǒumòbiàn,莫:不能;辩:辩白。百口莫辩指即使有一百张嘴也辩白不清。形容不管怎样辩白也说不清楚。

④ 郁悒,读音 yùyì,指忧愁、苦闷的意思。

河神娶妻

战国时期,魏国的君主魏文侯派西门豹到邺城①去当县令。他一到任就四处查访、了解民情,却发现这个地方人烟稀少、田地荒芜萧条无人耕种,大街小巷也是一片冷清。

有一天,西门豹走访到漳河②南岸的一个集镇,见这个小镇上有许多户人家的门窗都用土坯③垒了起来,感到非常奇怪。他向路人打听原因,可是每个人都只是摇摇头,不愿意答话。西门豹心里很是纳闷。

他在镇子里转了一圈,在一条路边碰到了一位正在割草的老汉,便凑了过去搭讪④说:"老大伯,借个火呗。"然后拿出自己的长杆子烟袋,用老汉的火点燃后吸了起来。西门豹和老汉站在路边聊了一阵天,趁机套了套近乎,见时机成熟之后方开口询问:"老伯,这镇子为何有那么多人家封门闭户呀?"老汉叹了口气,看看四下没人,才向西门豹讲述了其中的缘由。

原来这地方有个风俗,就是每年都要从镇上选出一个姑娘,在六月二十四日这天,让她坐上纸扎的彩船,送进漳河,嫁给河神为妻。据说如果不这样做,河神就要大发雷霆,发大水冲毁田地,淹死百姓。

镇上有三个巫婆,当地百姓称她们为大神头、二神头和三神头。每年秋收以后,这三个巫婆就负责将全镇的粮食和钱财集中到一起,然后分发给各

---

① 邺城,读音 yèchéng,地名。
② 漳河,读音 zhānghé,河流的名称。
③ 土坯,读音 tǔpī,指在模型里制成的方形黏土块。
④ 搭讪,读音 dāshàn,指为了想跟人接近而找话说。

户人家,同时在全镇有姑娘的人家中挨家挨户地挑选,把选中的姑娘送给河神为妻。

说是挑选,不过是走走过场罢了。其实她们心中早打定了主意,谁家给她们送了银两,她们就说那家的姑娘长得不好看,或者说是有这样那样的毛病,不能送给河神为妻。结果,挑来挑去,每年送河神的都是给不起她们钱财的穷苦人家的女子。谁家的女儿不是父母的心头肉啊?又有谁愿意把自己的亲生骨肉往河里投呢?所以有姑娘的穷苦人家,生怕女儿被选中了,只好封门闭户,逃往外乡去了。

西门豹听完之后,点了点头,又问:"老大伯,今年河神还要娶妻吗?""娶——!"老人低下了头,暗暗流泪,"现在已经是六月中旬了,三个神头钱也收啦,人也选啦。今年被选中的那个苦命的女孩现在已经独自住进了一间小屋里,要梳洗打扮,斋戒①七日,等二十四日一到……"老汉说到这里,泣不成声地哭了起来。原来他所说的那个苦命的女孩就是他的孙女。

西门豹听后愤怒不已,他决心要彻底破除这种陋俗。临走前,他对老汉说:"老伯,河神娶妻那天,我一定会来为那苦命的姑娘送行!"

转眼到了六月二十四日。这天,四面八方的人群都聚集到了漳河岸边来观看河神娶妻。一只纸扎的彩船早早地就摆在了漳河的岸边,待吉时到来,就要把那个选中的女子送入水中。

大约到巳时,忽然听见有人过来传话说:"西门大人来给河神贺喜啦!"这一下可把这几个巫婆高兴坏啦!她们知道百姓们吃够了河神娶妻的苦,起初很害怕百姓们向西门大人告状,担心一旦被戳破骗局,不好收场。但是听见说西门大人是来贺喜的,巫婆们自然认为西门大人是站在自己这边的,心里的石头顿时落了地。既然县令大人都来给河神贺喜了,哪个还敢说三道四!于是忙派人在河边搭起凉棚,摆上桌椅,准备好茶水,恭候西门大人驾到。

不一会儿,西门豹带着一队人马,抬着一头整猪和一只整羊来了,三个巫婆一齐上前叩头迎接。西门豹坐在凉棚底下,看着三个巫婆说道:"今天河神娶妻,我特来进贡贺喜。但不知你们挑选的女子长得什么模样?把她

---

① 斋戒,读音 zhāijiè,古人祭祀之前,要沐浴更衣,不喝酒,不吃荤以示虔诚尊敬,称为斋戒。

叫来让我先瞧瞧吧!"巫婆们不敢怠慢,忙招呼人把选定的女子带了过来。西门豹一看,摇了摇头,说:"这姑娘长得一点儿也不好看,河神必定不会喜欢!我给河神另外挑选了一个长得好看的,换换送去行不行?"三个巫婆听了之后,都点头哈腰地连声说:"行!行!"西门豹叹了口气,又说:"可是娶妻的人是河神呀,虽然我们都同意换人,但是却不知河神同不同意?有谁能去跟河神商量一下呢?"

　　一听说要去跟河神商量,巫婆们个个都瞪大了眼睛,谁也不敢吭声了。西门豹见她们都不说话,就喊道:"大神头,要不委屈你走一趟吧!"大神头还在一旁发愣呢,两名武士上去扯胳膊拉腿,"扑通"一声,就把她扔进了河里。

　　过了一会儿,西门豹又说:"大神头去了这么久为何还不见回来呀?难道还没有跟河神商量好吗?二神头,麻烦你再去催催!"于是,两名武士又把二神头扔进了河里。

　　又过了一会儿,西门豹又说:"大神头、二神头都不回来,三神头,你……"西门豹还没把话说完,三神头知道轮着她啦,连忙往地上一跪:"我的大老爷呀,你就饶了我这条命吧!那都是假的呀……"

　　这时,只见割草的那个老汉满面热泪,从人群中走出来,拉着他的孙女,一齐跪在西门豹面前,拜谢救命之恩。百姓们也都跪下给西门豹叩头。

　　从此,河神娶妻的陋俗彻底被破除了,西门豹没收了巫婆们骗取的钱财,用来资助百姓开凿水渠,灌溉农田,发展农业。逃往外乡的百姓听说后,也都陆续返回家园,过上了安居乐业的太平日子。

干将莫邪①

传说,干将和莫邪是一对恩爱的夫妻。干将是一个铁匠,勤劳能干,技艺高超,他打造出的宝剑锋利无比;而莫邪则是一位贤惠的妻子,干将铸铁的时候,她就在一旁为干将烧火、扇扇子、擦汗水,温柔体贴。

有一天,有人给楚王进献了一块从深山中采得的精铁。于是,楚王就命令干将用这块精铁给他铸造一把宝剑。干将费了很多心思,炉火也熊熊燃烧了三年,但是无论如何也无法将这块精铁熔化。干将非常愁苦,因为楚王都派人来催很多次了,但是精铁不熔化,宝剑又怎么能铸造得出来呢?

这一天,干将又盯着燃烧的火炉发呆,突然,他想起了自己的师父。干将的师父也是一位铸剑大师。他将毕生的铸剑技能毫无保留地全部传授给了干将。干将很有天分,很快就完全掌握了师父所授的铸剑秘诀。待干将学成之后,他的师父就开始铸造一把无比难铸的宝剑,最终干将的师父和师母二人一起纵身跳进了火炉,宝剑才得以铸成。干将看着熊熊燃烧的炉火,心想难道自己也要这样做不成?

莫邪是干将的妻子,他们夫妻俩非常恩爱,莫邪自然也听说过干将师父的故事。她看着丈夫的表情,就知道了丈夫的想法。莫邪的心里十分难过,难道就没有别的办法了吗?莫邪左思右想,突然想出了一个办法。古人都认为:"身体发肤,受之父母,不敢毁伤,孝之始也。"那么如果能用头发和指甲来代替自己的身体投入炉中,不就可以免于一死了吗?莫邪决定试试这

---

① 莫邪,读音 mòyé,人名。

个办法,于是,她将丈夫拉进屋内,拿出剪刀,把自己和丈夫的头发和指甲都剪下来,然后投进火炉。果然,这样一来,火势突然就变大了,精铁也开始熔化。干将非常高兴,动手开始铸剑,莫邪就在旁边帮他添炭和擦汗。

干将手艺精湛,很快就铸成一雄一雌两把宝剑,这两把剑是他一生中铸成的最好的宝剑!莫邪高兴地想:"等把宝剑进献给楚王我们夫妇就可以自由了!"但是干将却仍旧愁眉苦脸。原来,干将很清楚楚王的脾气,他一旦得到了宝剑,定会杀掉干将,以免干将再铸出更好更锋利的宝剑。莫邪知道后惊慌得不知道该如何是好。这时候她已经怀了孩子,难道这孩子注定一出生就要没有父亲吗?

距离交剑的日子越来越近了,干将知道自己逃不过这一劫,就对妻子说:"我这一去,肯定是回不来了。我会把雄剑留下,你要好好照顾孩子,等孩子长大了,你告诉他:出门后往南山方向看,如果有松树生长在石头上,那么宝剑就藏在石头的后面。让他取出宝剑来替我报仇!"莫邪没有办法,只能眼睁睁地看着丈夫背着宝剑离开。

果然,楚王拿到宝剑之后,就立刻训斥干将故意拖延铸剑时间,用了三年才完成,并下令将干将处死。干将死后,楚王抚摸着宝剑得意地哈哈大笑:"这天底下,将再没有比我的宝剑更好的剑了!"

干将死后不久,莫邪就生下了一个男孩,取名叫赤鼻。莫邪牢记丈夫的冤仇,含辛茹苦地将赤鼻抚养长大。时光飞逝,赤鼻渐渐地长成一个大小伙子。有一天,他鼓起勇气问母亲:"我的父亲到哪里去了?"莫邪也觉得时机应该到了,就把干将的不幸遭遇告诉了赤鼻,并告诉他:出门看南山,如果有松树生长在石头上,那么宝剑就藏在石头后面。赤鼻泪流满面:"我可怜的父亲竟然死得这么冤枉!我一定要杀了楚王,为父亲报仇!"

赤鼻出门向南,却发现并没有山,找了一圈也没有找到长在石头上的松树。他回到家中,只看见堂屋前有一根很大的松树柱子,而松树柱子下面恰好有一块大石头。于是赤鼻就用斧子敲碎石头的背面,果然找到了一把宝剑。从此,赤鼻就开始日夜练剑,每天想着要找楚王报仇。

与此同时,楚王一连几日都梦到一个愤怒的少年提着一把宝剑要刺杀他,还口口声声说是为干将报仇。楚王非常恐惧,赶紧派人去查与干将相关的人。这一查才知道,干将当初铸成了两把剑,还留下了一个儿子,他的儿子正在刻苦练剑,要用父亲铸造的宝剑来刺杀楚王,替父报仇。

楚王愤怒极了,立刻命令侍卫去追杀赤鼻,并悬赏黄金千两换取赤鼻的人头,还命令城门的守军严加盘查,以免赤鼻混进城来暗杀他。赤鼻被逼无奈,只得逃进深山里躲藏起来。因为无法给父亲报仇,赤鼻伤心欲绝,再也无心练剑。

这天,赤鼻正坐在一棵大树下一边擦剑一边伤心地落泪,这时有一位壮士从此经过,见他如此伤心便上前询问。赤鼻流着眼泪回答说:"你听说过干将吗?十多年前,他因为为楚王铸造了一把宝剑而被楚王杀死。"壮士点了点头。赤鼻哭得更加伤心了,他恨恨地说:"我就是干将的儿子,我父亲临死前要我替他报仇,可是现在楚王盘查得那么严,我连接近他的机会都没有,还谈什么报仇?"

壮士听了十分同情干将和赤鼻,决定要帮助赤鼻报仇。壮士说:"楚王用千金悬赏你的人头,你如果信得过我,就把你的头颅和剑交给我,我来帮你报仇。"赤鼻听了欣喜若狂,跪下给壮士磕了个头:"拜托你了!"然后提起宝剑,将自己的头割了下来。壮士捧起赤鼻的头颅和宝剑,说了句:"放心吧!"就下山去了。

　　壮士来到楚王的宫殿,献上了赤鼻的人头和宝剑。只见赤鼻的头颅双眼圆瞪,看得楚王心里直打哆嗦,但他还是辨认出了这就是自己在梦中见到的那个少年。楚王悬着的心终于放下了,便将壮士带来的宝剑赏赐给了他。为庆祝赤鼻被杀,楚王就命人把赤鼻的头放到大锅里去煮,据说这样能克制他的鬼魂。

　　可是,赤鼻的头颅在大锅里煮了三天三夜,却丝毫没有变化。壮士就建议楚王说:"您是一国之君,最具有威慑力,如果您亲自到锅边去看一看,他的头就能够煮烂了!"楚王也觉得怪异,就亲自走到锅边去看,当他把脖子伸到锅上的时候,壮士猛地拔出宝剑,用力一挥,就把楚王的头砍落在锅里了。

　　士兵们大吃一惊,飞快地冲过来想要抓壮士。但是壮士的动作更快,他手起剑落,就把自己的头也砍落在了锅里。等士兵们围上来看的时候,三颗头颅都已经被大火煮烂,早已分不清是谁的头颅了。众人只好把三个头颅和楚王的身子葬在了一起。

　　壮士用自己的生命完成了对赤鼻的承诺,赤鼻也终于报了杀父之仇。而那两把宝剑却也留传下来,分别被命名为干将和莫邪。

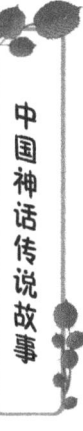

天仙姻缘

传说汉朝的时候，在淮南的一个小村里住着一户贫苦人家。这户人家有个孩子叫董永。自小董永的母亲就去世了，他和父亲二人相依为命，靠租种地主傅员外家的两亩田地为生。父子俩每日早出晚归、辛勤劳作，种出的粮食交完租子之后倒也勉强还够糊口。后来父亲也生病去世了，董永家本来就贫穷，父亲死后董永根本就没有钱给父亲置办后事。

为了能够让父亲早日入土为安，董永只得去求地主傅员外帮忙。他对傅员外说只要肯给钱帮他安葬父亲，他便自愿到傅员外家做三年的长工来还债。那傅员外看董永身强力壮又老实本分，就答应了他的请求，给了他一万贯钱，让他回家好生安葬完父亲之后再回来做工还债。

董永回家安葬好父亲，行完守丧之礼后，就准备到傅员外家去做长工。一路上他想到了可怜的父母和自己悲惨的将来，心情十分沮丧。他心不在焉地朝前走着，在路旁的槐树下竟碰见了一位女子。这个女子其实是天上的七仙女。这七仙女因在天宫孤独寂寞而思慕人间的生活。这一天，她跟随六位姐姐往凌虚台游玩，偶见下界卖身葬父的董永，被他的忠厚老实和一片孝心所打动，萌发了爱慕之情，因此决定私自留在凡间和董永成亲。

七仙女羞答答地对董永说："我愿意嫁给你，做你的妻子。你意下如何呢？"董永高兴极了，傻乎乎地笑着不知道说什么，只是不住地点头。于是，他们俩就请土地主婚，让老槐树做媒，在槐树下就拜堂成亲了。

婚后，董永带着七仙女一起来到傅员外家。可是傅员外看见董永带了妻子来做工，心里不愿意，因为卖身文契上原本写着"无牵无挂"，如今凭空

149

多添了个女人,自然不肯收留。董永一再请求傅员外收留,傅员外为了让他们知难而退,就限定董永夫妻在当天晚上织出十匹锦缎。如果能够织完,三年长工改为一年;如果不能完成,那工期就再加三年。董永听了一筹莫展,七仙女却立刻答应下来。

当天晚上,七仙女劝说董永先去睡觉,告诉他自己自有办法解决。待董永入睡后,她取出了一炷香点燃。原来这香叫作"难①香",是当初她打算留在凡间的时候姐姐们送的,约定如果有难就烧香请求姐姐们帮忙。顷刻之间,天上的六位仙女闻到香气,知道小妹遇到了麻烦,纷纷赶来帮忙。她们听了小妹的诉说,大家马上一齐动手,这些灵巧的姑娘们本就是天庭的织造能手,果然就在一夜之间织出了十匹锦缎。

第二天夫妻俩如约把这十匹锦缎送给了傅员外。傅员外大为惊异,但是既然已经做了约定,也只好按约履行了。

到了一年期满,董永拿回了卖身契,又恢复了自由之身。他带着七仙女高高兴兴地返回家中。到家之后,夫妻二人商定,董永每天外出耕田,七仙女就在家织布,从此,他们就这样过起了男耕女织的生活。

然而,七仙女私自下凡的事终究还是被王母娘娘知道了。王母娘娘怒气冲冲,立即召集天兵天将,准备下凡来捉拿七仙女。这七仙女当初在天上的时候常常到天河浣纱,同天河里的神龟是好朋友。神龟听了这件事,急忙来给七仙女报信,所以天兵天将没有找到七仙女。王母娘娘又急忙派出二郎神,带着哮天犬赶来助阵。七仙女不愧为玉皇大帝的女儿,法术高强,二郎神和哮天犬也没能捉回七仙女。王母娘娘一怒之下,只得自己出马,捉住了七仙女,把她打入了天牢。

从此七仙女与董永,一个在天上,一个在地上,再也无法相见。只是每当思念妻子的时候,董永就独自来到当初和七仙女相遇的地方,向老槐树诉说自己的痛苦。一年时间过去了,董永每天都来老槐树下等待七仙女归来。然而枝叶繁茂的树下没有出现妻子的身影,却多了一个小小的襁褓。那是七仙女送回人间的孩子。董永便把这个孩子带回家中,抚育成人。

---

① 难,读音 nàn,指灾祸、困苦的意思。

田螺姑娘

很久以前,有一个可怜的孤儿,父母在他很小的时候就离开了人世,是好心的邻居们收养了他,才使他长大成人。小伙子长到二十来岁时,就在村边搭建起了两间茅草屋,开始独立地生活了。村里无论谁家遇到了困难,他都会热心地帮助,大家都夸他是个勤劳、善良的好孩子。

他每天早出晚归地辛苦耕种,等他收完工回到家的时候,早已经累得筋疲力尽,哪里还有心思做饭,所以经常只能吃一些凉饭和剩菜。

有一天,小伙子干完了农活,正准备收东西回家,这时,他看见田里有一只很大的田螺。出于好奇,他就将这只田螺带回了家,把它养在水缸里。

第二天,小伙子照旧早早地起来就去地里干活了,等他回到家准备做饭的时候,却发现热腾腾的饭菜已经摆满了饭桌。他还以为这是好心的邻居们帮他做的。可是没想到接连几天,小伙子干完活回到家,都能吃到香喷喷的饭菜。于是,小伙子向邻居们道谢,可邻居们都说不是他们做的。小伙子心里很纳闷,决心要把这件事情弄个水落石出。

这天早晨,小伙子又扛着锄头下地干活去了,只是他没有等到傍晚才回,而是早早地就收工赶回家来。他躲在自家篱笆外面观察屋内的动静。只见一个美丽的姑娘从他家的水缸里走了出来,到厨房里去忙着生火、做饭。才一会儿工夫,屋里就飘出了饭菜的香味。小伙子飞快地跑进家门,直奔水缸而去,只见那只大田螺只剩下一个空壳静静地躺在水缸里。

小伙子走到正在做饭的姑娘旁边,问道:"姑娘是从哪里来的?为什么要帮我做饭呢?"姑娘见小伙子突然闯了进来,不知道该如何是好,她想逃回水缸里,却被小伙子挡住了去路,只得说出实情。

原来,这个田螺姑娘是天上银河里的白水素女,因为玉皇大帝知道小伙子从小没有父母,很同情他,再加上这个小伙子心地善良、乐于帮助别人,所以就派白水素女扮作田螺来帮助小伙子。田螺姑娘说:"我本来想多帮助你几年,等你生活富裕、娶妻生子之后再离开,可是你今天突然闯进来,知道了我的身份,我就不能再在人间待下去了。"

小伙子非常后悔,责怪自己的举动太鲁莽,再三请求田螺姑娘留下来。田螺姑娘指着水缸里的田螺壳说:"我把田螺壳留下给你,你用它盛粮食,就会有很多粮食出来,你用这些粮食帮助乡亲们吧。"说完天空中忽然就刮起了一阵大风,接着下起了大雨。风雨过后,田螺姑娘早已经不见了踪影。小伙子望着田螺壳,呆呆地看了很久,心里有一种说不出的滋味。

后来,小伙子就按照田螺姑娘的话,用这个田螺壳来盛粮食,壳里的粮食总是满满的,吃也吃不完。家里的粮食渐渐地越来越多了,但小伙子仍然辛勤地劳动,还拿出很多粮食来送给乡亲们。受到帮助的乡亲们都十分感激小伙子和田螺姑娘,大家还建庙立祠,来纪念这位乐于助人的田螺姑娘。

孟姜女哭长城

传说很久以前,在江苏的松江府有一个孟家庄,孟家庄里有个孟老汉擅长种葫芦。这一年他种的葫芦枝繁叶茂,长得非常繁盛,其中有一棵葫芦的藤蔓①竟然伸到了邻居姜家的院子里。孟、姜两家关系很好,于是便相约这棵藤蔓上结出的葫芦一家分一半。

到了秋天,葫芦藤上果然结了一个大葫芦。孟、姜两家非常高兴,把葫芦摘下来准备分享。忽然听见葫芦里传出一阵阵小孩的哭声。大家都觉得很奇怪,孟老汉便用刀把葫芦切开,呀!葫芦里面竟然端坐着一个小女孩,红红的脸蛋,大大的眼睛,圆圆的小嘴,着实招人喜爱。

姜家老婆婆一看,欢喜得不得了,一把抱起来说:"这孩子就给我吧!"可是孟老汉家无儿无女,非要这个小孩不可。两家争执起来,一时间不可开交。后来,只好去请村长来做裁断。村长说:"你们两家既然交好,又约定过这个葫芦一家一半,那么这葫芦里的孩子就由你们两家一起抚养吧。"于是小姑娘便成了孟、姜两家的掌上明珠,因为孟老汉无儿无女,孩子便住在了孟家,取名孟姜女。

时光飞逝,日月如梭,孟姜女一天天地长大了,她聪明伶俐、心灵手巧,织布、唱歌样样能行,孟、姜两家都对她爱如珍宝。

这一天,孟姜女做完了针线活,到后花园里去散步。此时正值盛夏,园中荷花争相开放,一对大蝴蝶飞来落在池边的荷叶上,吸引了她的注意。她

---

① 藤蔓,读音 téngwàn,指藤本植物细而蔓延的茎,末端常卷曲如须。

便轻手轻脚地走过去,用扇子一扑,不想用力过大,扇子一下子掉进了水里。孟姜女挽起衣袖,伸手去捞扇子,忽然听到身后有动静,急忙回头一看,竟是一个年轻男子躲在树后,看样子满面风尘,精神疲惫。孟姜女急忙去找来父母,询问男子来历。

孟老汉得知有人私闯自家的后花园,非常生气。年轻人急忙连连请罪,诉说了原委。原来这个年轻人名叫范喜良,是姑苏人氏,自幼喜爱读书,满腹经纶。只因秦始皇要修筑长城,到处抓壮丁,他只得乔装改扮逃了出来。刚才是为了躲避抓捕,才躲到了孟老汉家的后花园中,不想惊动了孟姜女。

范喜良边说边连连告罪。孟老汉对范喜良的遭遇深感同情,便留他住了下来。孟姜女见范喜良知书达礼、忠厚老实,便芳心暗许。她向父亲言明心意,孟老汉也觉得范喜良配得上自己的女儿,便来到前厅,对范喜良道:"你现在到处流落,也无定处,我想招你做女婿,你可愿意呀?"范喜良急忙起身推辞说:"我乃是逃亡之人,只怕日后连累了小姐,不敢和小姐成婚。"无奈孟姜女心意已决,非他不嫁,范喜良被孟姜女的真情打动,最终答应了这门婚事。孟老汉乐得嘴都合不上了,急忙和姜家商议挑选吉日,给他们完婚。

话说孟家庄里有一个无赖,平时喜欢拈花惹草①,无所事事。他早就看上了孟姜女,多次上门求亲,孟老汉都坚决不答应,于是他便怀恨在心,伺机报复。如今听说了范喜良的事情,便偷偷地到官府去告了密,带着官兵来抓人。

此时孟、姜两家还蒙在鼓里呢,他们刚给孟姜女办完婚事,还沉浸在喜悦之中。忽然哗啦一声,大门被撞开了,一群官兵冲进来,不由分说地把范喜良用绳索绑了,就要带走。孟姜女急忙扑上去,却被官兵一把推开,只能眼睁睁地看着自己的丈夫被官兵带走。

自此孟姜女日夜思念夫君,茶不思、饭不想,忧伤不已。转眼冬天来了,门外大雪纷纷,孟姜女一想到丈夫修长城,天寒地冻,没有厚衣服穿,就日夜赶着缝制棉衣。待棉衣做好之后,孟姜女便决定要去寻找自己的丈夫范喜良。

---

① 拈花惹草,读音 niānhuārěcǎo,拈:捏;惹:招惹;草、花:比喻女子。比喻到处留情。

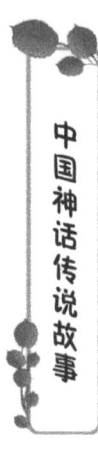

她一路上跋山涉水、风餐露宿、昼夜不停地往前赶,终于来到了长城脚下。可是长城脚下的民夫数以万计,到哪里去找自己的丈夫呢?她逢人便打听,好心的民夫告诉她,范喜良早就劳累致死,被埋在长城里筑墙了。孟姜女一听,心如刀绞,便央求好心的民夫引路,带她来到范喜良被埋葬的长城面前。

她坐在城下,悲愤交加,想到自己千里寻夫,尽历千难万险,到头来连丈夫的尸骨都找不到,怎能不令人痛断柔肠。她越想越伤心,便向着长城昼夜痛哭,不吃不喝,一连哭了十天十夜,眼睛都哭出了血。这一哭感动了天地,忽然听见轰隆隆一阵巨响,一时间地动山摇,飞沙走石,长城倒塌了八百里,倒塌处竟然露出范喜良的尸骨。

长城垮塌的事情惊动了官兵,官兵上报秦始皇。秦始皇大怒,下令把孟姜女抓起来。等孟姜女被抓来之后,秦始皇一见她生得貌美如花,便动了坏心思,想要娶她为妻。孟姜女说:"要我嫁给你也可以,但是你得先依我三件事:一要建造一座长桥,十里长,十里宽;二要为我的丈夫范喜良修建一座坟墩①;三要你披麻戴孝到我丈夫坟前亲自祭奠。"秦始皇想了想便答应了。

没过几天,长桥和坟墩就全部建好了。秦始皇身穿麻衣,摆驾出行。他经过长城走上长桥,再走过长桥来到范喜良的坟前祭奠。祭奠完毕,秦始皇便要孟姜女随他回宫。孟姜女冷笑一声说道:"你这个残暴的昏君,害尽天下黎民百姓,如今又害死了我的丈夫,我岂能真的嫁给你,简直是妄想!"说完她毅然转身跳进了波涛汹涌的大海。一时间,浪潮滚滚,排空击岸,好像在为孟姜女悲叹。

① 坟墩。读音 féndūn,方言,指坟墓或者坟地的意思。

木兰从军

南北朝时期,有一个退伍的老军官名叫花弧。他武功高强,曾经立下很多战功,后来因为在战争中受了重伤,所以离开了部队,回到老家养病。花弧有三个孩子,大女儿花木莲,二女儿花木兰,最小的是个儿子,名叫花雄。

花木兰是一个聪明伶俐,活泼好动,士气高昂的孩子。她从小就跟随父亲勤学武艺,并且天资聪慧、身手敏捷。渐渐地,连父亲花弧都不是她的对手了。父亲时常带着木兰姐弟外出狩猎。木兰每次都是箭无虚发①,满载而归。

这年,花木兰十七岁,长成了一个如花似玉的大姑娘,武艺也更加精湛了,手中一杆枪使得出神入化。有一天,有个当差的士兵来到木兰家,给花弧送来了元帅征兵的军书。原来是北方的匈奴入侵,朝廷正在征募士兵准备应战。这次征兵凡是退伍的军官都要从征。花弧是退伍的军官,军书里自然就有他的名字。

木兰得知这个消息后回到自己的房间,坐在织布机前独自愁闷。想起父亲年事已高,体弱多病,他的腿在战场上又受过重伤,走路的时候都有些一瘸一拐的,这要是上战场别说杀敌立功了,明摆着就只能去送死。但是如果父亲无法出战的话,按照当时朝廷的规矩,就要由年长的儿子代替父亲去应征。可是木兰家并没有成年的男子,仅有一个小弟弟花雄,还没有长大成人。木兰和姐姐又都是女儿身,都无法代替父亲去出征。这可如何是好呢?

---

① 箭无虚发,读音 jiànwúxūfā,成语,意思是箭射得很准,每发必中。形容箭术高明。

无奈军情紧急,每隔几天官差就会上门来催促一次,花弧一家愁得连饭都吃不下了。木兰看到这种情形,心里难受极了。怎么才能让父亲不去打仗呢?木兰思前想后,最后毅然决定女扮男装,自己代替父亲出征。

于是,第二天一大早,木兰悄悄地换上了一身男装溜出了家门,她到市场上买回了一匹骏马,给马配上了新的马鞍,又买了一身盔甲和兵器,打点好一切之后回到家里。

家里人看到木兰置办好了行头,女扮男装要代替父亲出征,都表示不同意。木兰一再坚持,又给大家展示了一遍她高强的武艺之后,父亲最终才同意让她替自己去出征。木兰和父母姐弟一一道别,大家都眼泪汪汪的,依依不舍。木兰忍着泪水,骑上骏马,猛地一挥鞭子,头也不回地出发了。

木兰和同乡的伙伴们来到了军营,当下清点了人数,分配好装备,大队人马就浩浩荡荡地开赴前线。他们一路奔波,过了黄河又渡黑水,披星戴月,翻山越岭。在行军途中,木兰结识了好几个战友,他们成了非常要好的朋友。

一天,有一个战士在营中抱怨说:"男人们都要上阵杀敌,非常辛苦,妇女们倒好,可以在家里安享清福,苦差事都让男人们做了。"木兰听了之后反驳他说:"男子上阵打仗,杀敌救国,确实光荣。可是妇女们在后方也有责任,她们辛勤劳作,为前方的战士们提供衣食所需,怎么能说她们是在家享福、没有用处呢?"这下战友们都没话可说了,他们想起了远方的母亲和妻子。的确!她们在家操持家务也都不容易啊!

战争开始了,木兰冲锋陷阵,奋勇杀敌,她的英勇表现很快得到了元帅的赏识。有一次,两军在黄土坡下交锋时,敌人忽然退走,元帅不知是敌军的诡计,仍旧穷追不舍,不料中了敌人的埋伏,被伏兵从两侧团团围住,元帅大吃一惊,想要撤退已经来不及了,只得死命地拼杀。在这危急时分,木兰赶来杀退了敌人,救回了元帅。随后,木兰又领兵杀了个回马枪,匈奴兵大败而逃。

自此之后,木兰很受元帅的器重,元帅提拔她做了一个小头领。然而木兰并没有因此而骄傲,在后来的战争中,她把从小跟父亲学习的用兵布阵的方法全都运用到战场上。果然,一连打了好几次胜仗,屡建奇功,并不断地受到升赏。花木兰的名声也传遍了整个军营。

　　战争一连打了十二年,匈奴终于被打败了,大军得以班师回朝。元帅十分赏识花木兰,想要把自己的女儿许配给她。木兰一听就着急了,赶紧推辞说自己在老家已经娶了妻子,这才推脱了元帅的提亲。

回到京城后,朝廷要给立功的将士封赏,元帅大力举荐花木兰,皇帝下旨要封花木兰为官,大家纷纷向她表示祝贺。可是花木兰却再次拒绝了陛下的好意,恳求陛下说:"我为国立功,并不是要贪图富贵。如今战乱已经平息了,我只想回家从事生产。况且木兰已经多年没有回家看望过父母了,还请陛下恩准木兰想要回家尽孝的愿望。"皇帝自然不愿意失去这一员猛将,但是木兰再三请求,也只好答应了她。

　　木兰返回家乡,百姓们沿途招待,父母和姐弟听说木兰回来了,早早地就到村口迎接,他们见到木兰,都欢喜地流下了眼泪。

　　木兰招呼战友们在厅堂休息,自己回到房间,脱去战袍,换上漂亮的裙子,梳理柔顺的黑发,戴上别致的头饰,走出房门,笑眯眯地看着昔日的伙伴。战友们都大吃一惊,昔日朝夕相处的木兰将军怎么就变成了女儿身了呢?可是说话的声音明明就是木兰呀!

　　花弧向大家讲述了木兰女扮男装,代父从军的秘密。从此,巾帼英雄①花木兰的故事便传遍了五湖四海。

---

　　① 巾帼英雄,读音 jīnguóyīngxióng,巾帼:古代妇女用的头巾和发饰,后人又把"巾帼"作为妇女的尊称。因此,巾帼英雄也用来专门指代女性英雄。

狐仙嫁女

　　古时候有个叫殷天官的人，从小家里很贫困，但他胆子却特别大，别人不敢做的事情他都敢去尝试。在他家的附近有一处废弃的旧宅，大概有十亩地，里面的房屋高大气派。但是这座宅子里时常有怪事发生，主人被吓得不敢再住，就搬离了这里。因为这宅子长久没人居住，渐渐地院子里就长满了野草，阴森恐怖，即使白天也没有人敢进去。

　　有一天，殷天官和一群朋友喝酒玩乐。其中有个人开玩笑说："如果有谁敢在那个旧宅子里住一个晚上，我就做东请大家的客。"殷天官立刻回答说："这有什么难的，我这就去。"

　　于是他就带了一些酒菜前往那座旧宅，各位朋友把他送到宅子门口就停住了脚步。他们嬉笑着说："我们就在门外等你，如果你看见什么奇怪的东西，就大声喊我们吧。"殷天官笑着说："如果真被我撞见了什么鬼狐精怪，我一定会捉回来当证据的。"说完就迈开步子径直走了进去。他的朋友们都替他捏了把汗，有的摇头叹息，有的等着看好戏。

　　殷天官进去一看，只见满院的野草遮蔽了小径。当时正好是上弦月，月色昏黄，借着暗淡的光线依稀还可以辨别清楚门户。他摸索着进去，找到了楼梯，就登上了后院的阁楼。月光照在楼台上，皎洁明亮。殷天官觉得景色十分美丽，就坐下来欣赏月色。只见月亮偏斜，似乎快要落在远处的山头上。他坐了很长时间，一点儿都不觉得有什么怪异的动静，心里暗暗嘲笑外面的人胆小如鼠。于是他就席地躺下，用个石头当枕头，卧看天上的牛郎织女星。

到了一更时分,他恍恍惚惚①有些困倦。忽然听见楼下传来一阵脚步声。殷天官就假装睡着了,想看看到底怎么回事。只见一个身穿青色衣服的人,挑着莲灯,走上楼来。那人看见殷天官后吓了一跳,赶紧对后面跟着的人说:"这里有生人。"楼下的人问:"是谁在那儿?"青衣人回答说:"我不认识。"

过了一会儿,上来一个老翁,走到殷天官身边仔细看了看,说:"他是殷尚书,已经睡得很香了。没关系,我们办自己的事情吧。先生是个潇洒倜傥②的人,不会以此为怪的。"说完就让后面的人都上楼来。

楼门大大地敞开,人来人往。楼上灯火辉煌如同白昼。殷天官稍稍转身,假装打喷嚏③咳嗽。老翁听见他的动静,知道他醒了,就赶紧走过来。老翁十分恭敬地跪下来,说:"小人有个女儿,今晚成婚。没想到打扰了先生休息,希望您不要怪罪我们。"殷天官起身,把老翁扶起来说:"我不知道今天你家办喜事,可惜没有什么贺礼能够送给你。"老翁连连摇手,说:"您是贵人,今天您光临寒舍就已经是我们莫大的荣幸了。"殷天官听他这么一说,心里很高兴,就和老翁一起进到房间里。房间里的陈设都很精致漂亮,一个四十多岁的妇人出来拜见客人。老翁说这是他的妻子,殷天官就见过了礼。

稍后就听见一阵笙乐④悠扬,有人跑上来通报说:"来了来了!"老翁赶紧小跑着出去迎接,殷天官也站了起来。新郎官先进来,年纪大约十七八岁,神采奕奕,风流潇洒。老翁让他先见过贵客。新郎就来拜过殷天官,再拜自己的岳父。

侍从们都打扮得漂漂亮亮,捧出了美味佳肴,桌上用的碗和杯都是用玉器或者金子做的,格外耀眼。老翁叫唤女仆请小姐来。女仆答应了进去,可是过了很久都不出来。老翁就亲自起来,掀起帷幕⑤催促。一群侍女簇拥着

---

① 恍恍惚惚,读音 huǎnghuǎnghūhū,指神志不清、模糊不清的状态。
② 潇洒倜傥,读音 xiāosǎtìtǎng,形容神情举止自然大方,不呆板,不拘束。
③ 喷嚏,读音 pēntì,指鼻黏膜受刺激,急剧吸气,然后很快地由鼻孔喷出并发出声音的现象。
④ 笙乐,读音 shēngyuè,笙,是一种管乐器的名称,一般用十三根长短不同的竹管制成,用来吹奏。笙乐,意思是吹笙的乐声。
⑤ 帷幕,读音 wéimù,指悬挂起来用于遮挡的大块布、绸、丝绒等。

新娘出来,新娘浑身散发着香味,腰间戴着一块玉佩。新娘拜了殷天官后就坐到了母亲的身边。殷天官偷偷看了她一眼,觉得容颜秀丽,光彩照人。

过了一会儿,新娘为贵客斟酒①,斟酒用的杯子是用金子做的,大得可以装下数斗②酒。殷天官觉得这个东西与众不同,正好可以当作今晚奇遇的证物回去展示给朋友看,于是就乘人不备将其藏在衣袖中,然后假装自己喝醉了,就伏倒在桌子上。大家都说客人喝醉了,新婚夫妇一见这个情形,也就告辞离开。音乐声又响了起来,大家纷纷下楼去送新郎新娘。

当侍从们收拾酒器餐具的时候,才发现少了一个酒杯,找来找去也找不到,于是就小声议论是客人偷拿了酒杯。老翁急忙呵斥他们,担心被客人听见侍从们的窃窃私语。

又过了些时候,屋里屋外都没有了声音,殷天官这才站起身来,发现周围早已一片漆黑,先前看到的一切全都没有了,只有空气里还隐隐残留着阵阵脂粉和陈酒的香气。

东方渐渐发白,殷天官很从容地走出了大宅。他伸手往袖子里摸了摸,酒杯还在。等他走到门口的时候,那些朋友们早就等在那儿了。大家见他好端端地走出来,都很惊讶,急忙问他昨天晚上的情形。殷天官就一五一十地把所见到的情况说了一遍,并且把金杯拿出来给大家看。大家都知道殷天官很穷,绝不可能有这么贵重的东西,就相信了他的话。

后来殷天官考中了进士,到外地做了大官。那里有一个姓朱的富豪世家,主人有一次来请殷天官去家中做客。喝酒的时候让仆人去取酒杯,仆人去了很久也没有回来。

一个仆人过来悄悄对主人耳语了半天,主人脸上立刻露出一丝愤怒的神情。等仆人取了金杯来盛上酒端给殷天官时,殷天官手捧金杯仔细地端详了一番,那只酒杯的大小模样、款式雕文和他从老翁那里拿来的那只完全是一模一样。他感到十分惊讶,赶紧询问这酒杯的来历。

主人回答说,这套金杯一共有八只,是自己先祖在京城做官的时候寻觅了最好的工匠专门做的。后来一直作为传家宝收藏着,十分珍贵。因为殷天官是贵客,才让仆人拿出来招待他。可是刚才打开箱子的时候,却发现只剩下七只杯子,怀疑是家里的仆人偷了一只。但是箱子封存在那里十年没

---

① 斟酒,读音 zhēnjiǔ,斟,往容器中倾倒饮料等;斟酒,即倒酒的意思。
② 斗,读音 dǒu,中国古代的容量单位,十升为一斗,十斗为一石(dàn)。

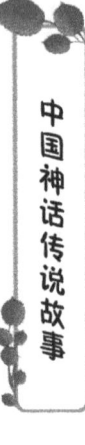

有动过,封印也好好的,所以不明白到底是怎么回事。

殷天官笑着说:"金杯也会羽化升天吧,可是您家世代相传的宝贝不能丢失,我这里倒是有一只跟您家这只很像的金杯,我愿意把它赠送给您。"

等宴会结束,殷天官就回到府中找出那只金杯,送给了那个姓朱的富豪。那富豪见了金杯,十分惊讶,并亲自登门拜访感谢,询问殷天官从哪里得到的。殷天官就将自己多年前在那座旧宅的经历又讲述了一遍。后来才知道他那晚遇到的就是狐仙,他们有千里取物的本领。狐仙的东西殷天官自然也不敢留在身边,终于物归原主了。

月老配姻缘

月老,又被称为月下老人,是古代传说中专门负责主管男女姻缘的神仙。人世间的姻缘都是由月老为每个人配好的,月老用一根红绳把一对男女系在一起,这对男女将来就会成为夫妻。

唐朝时候,有个叫韦固的人。有一次,他到宋城去旅行,住在城南的一家客店里。这天晚上,韦固上街闲逛,看到一位满头白发、留着很长的花白胡子的老人在月光之下席地而坐,正翻看着一本又大又厚的书,在他的身旁还放着一个装满了红色绳子的大布袋。

韦固好奇地上前询问说:"老伯伯,请问你在看什么书呀?"那老人回答说:"这是一本记载天下男女姻缘的书。"韦固听了以后更加好奇,又问道:"那你袋子里的红绳子,又是做什么用的呢?"老人微笑着回答说:"这些红绳是用来系夫妻的脚的,男女双方无论曾经是仇人还是相隔遥远的距离,我只要用一根红绳系在他们的脚上,他们就一定会和好,或者从很远的地方走到一起,并且结成夫妻。"韦固听了,自然不会相信,以为老人是在开玩笑,但是,这个古怪的老人确实有些意思。他本来还想要再问一些问题,这时老人却已经站了起来,收拾好他的书和袋子,就朝米市走去,韦固好奇地跟在他后面想再去看看热闹。

他们在米市上遇到了一个双目失明的中年妇女抱着一个三岁左右的小女孩迎面走来,老人便对韦固说:"这盲妇手里抱着的小女孩将来就是你的妻子。"韦固听了很生气,以为老人故意捉弄他,便叫自己的家奴去把那小女孩杀掉,看这老头的话还能不能实现。家奴冲过去刺了那女孩一刀,然后转身就跑了。韦固想要找那老人算账,嘲笑他说得不准,可是转过身来却发现那老人也不见踪影。

　　一转眼十四年过去了,这时韦固也已经找到满意的对象,即将结婚。对方是相州刺史的掌上明珠,人长得很漂亮,气质清丽脱俗,只是眉间有一道疤痕。韦固觉得非常奇怪,就问他的岳父为何她的眉间会有一道疤痕。相州刺史回答说:"这事说来真是令人气愤。十四年前在宋城,有一天奶妈抱着她从米市经过,突然有一个狂徒,竟然无缘无故地刺了她一刀,幸好没有生命危险,只留下这道伤疤,真是不幸中的万幸啊!"

　　韦固听了,愣了一下,十四年前的那段往事迅速浮现在他的脑海里。他想:难道自己娶的夫人就是当年他命仆人刺杀的那个小女孩?于是便很紧张地追问说:"那奶妈是不是一个盲妇?"刺史看到女婿的脸色异常,并且问得蹊跷①,便反问他说:"不错,确实是个盲妇。可是,你怎么会知道呢?"

----

①　蹊跷,读音 qīqiao,指奇怪,可疑的意思。

韦固证实了这个事实之后,真是惊讶极了,一时间答不出话来,过了好一阵才平静下来,然后把十四年前在宋城遇到月下老人的事情全盘说出。刺史听了,也感到惊讶不已。

韦固这才明白月下老人所说的话并非是开玩笑,他们的姻缘真的是由天神做主的。因此夫妇二人更加珍惜这段婚姻,过着恩爱的生活。

后来这件事传到宋城,当地的人为了纪念月下老人的出现,便把韦固曾经住过的客店改名为"姻缘店"。由于这个故事的流传,使得大家相信:男女姻缘皆是由月下老人用系红绳的方式来撮合①的,所以许多未婚的男女如果想要找一份好的姻缘,都会到寺庙里参拜,向月老许愿。如果愿望得以达成,被月老牵起红线的有情人,就会携带喜饼或是喜糖前去向月老还愿。

① 撮合,读音 cuōhe,指从中介绍,拉拢说合的意思。

柳毅传书

唐朝的时候,有个叫柳毅的秀才。有一年,他到京城长安赶考,可惜没有考中,只好返回家乡等待来年再考。临走前,他忽然想起在泾阳①的一个老朋友,于是决定顺路去泾阳拜访一下这位老朋友。

出了京城之后,他骑着马沿着大路径直走,边走边欣赏沿途的风景。突然间,从路旁的田地里飞出一群巨大的飞鸟,朝他迎面扑来。柳毅的马受了惊吓,抬起前腿仰头嘶叫②一声,然后拼命地狂奔起来,也不知道跑出去多远才渐渐停了下来。柳毅在马上被颠簸③得够呛④,马一停,他立刻跳下马背,站在路边大口地喘息。他举目四望,眼见竟然是一片白雪皑皑的茫茫旷野,有一位女子正在风雪中牧羊。柳毅走到女子面前,想要向她问路却发现那女子双眉紧锁,脸上还挂着泪痕。

柳毅忙问:"姑娘,你是什么人?为何独自在这暴风雪中牧羊呢?"那个女子抬起头来看了看柳毅,露出惊讶的表情,迟疑了一会儿才开口说:"先生,我本来不好意思对你说这些,怕你会见笑。可是我的苦太深了,就让我向你吐露一下心中的痛苦吧。"她擦了擦泪接着说:"我并非凡人,而是洞庭龙王的小女儿。三年前,父母将我嫁给泾河⑤龙王的二儿子。可万万没想

---

① 泾阳,读音 jīngyáng,地名。
② 嘶叫,读音 sījiào,马鸣叫。
③ 颠簸,读音 diānbǒ,指一连串的突上突下的上下震荡。
④ 够呛,读音 gòuqiàng,比喻受不了。
⑤ 泾河,读音 jīnghé,河流的名称。

到，他竟然是一个浪荡公子，整天沉迷于酒色，不务正业。我好心劝他，他反而对我拳打脚踢。我实在忍受不住他的折磨，就向公公婆婆求助。谁知公婆偏袒①儿子，反而把我赶到了这里。我满肚子苦没法诉说！"说着说着，她又泣不成声了。

柳毅想安慰她几句，一时又找不到合适的话说，就问她："你既然是洞庭龙王的女儿，为什么不想办法请你的父亲搭救，却独自一人在此悲泣受苦呢？"女子平静了一会儿，回答说："这里距离洞庭湖千里之遥，我时常站在最高处遥望，然而长路漫漫，什么也望不到。我想托人捎个信回去，可又能找谁呢？听说先生要回家乡，途中会路过洞庭湖。不知先生能否帮忙替我捎封信给我的父亲？"

柳毅听了龙女的诉说，心情十分激动。他为龙女的遭遇感到愤愤不平，于是答应了她的请求，并且恨不得能长出翅膀，立刻就飞到洞庭湖去。但他转念一想，洞庭湖又广又深，自己只是个凡人，怎么能到龙宫里去送信呢？只怕人世和仙境道路不通，辜负了龙女的嘱托②。

龙女见柳毅这般热忱，感激得泪流满面，又给柳毅行了个礼。她把藏在小袄里的信取出来，又拔下了头上的玉簪③一起交给柳毅说："先生不必担心，洞庭湖南面有棵大橘树，你只需用我的玉簪在橘树上敲三下，自然会有龙宫的人出来接你。先生肯帮我的忙，已是大恩。如果能把信捎到，我就算一死也要报答你的恩情。"

柳毅接过书信和玉簪，辞别了龙女，就匆忙继续赶路。他放心不下龙女，走了一程又转回头去看了看。可是，龙女和羊群都已经不知去向了。

这天晚上，柳毅来到同乡家里住了一宿④，第二天便告别同乡，踏上了归途。他一路策马疾驰，走了一个多月终于到达了洞庭湖。

洞庭湖的南岸果然有一棵大橘树，树干很粗，树荫能遮盖一亩多地。柳

---

① 偏袒，读音 piāntǎn，指偏护一方的意思。
② 嘱托，读音 zhǔtuō，托人办事，托付的意思。
③ 玉簪，读音 yùzān，簪，是中国古代女子用来束头发的一种首饰，玉簪指用玉做成的束头发的一种首饰。
④ 一宿，读音 yīxiǔ，意思是一夜。

毅走到大橘树前,按照龙女教的办法,用玉簪在树上轻轻敲了三下,不一会儿就从洞庭的波浪中走出来一位身披鳞甲的巡潮将军。这人走到柳毅跟前,恭敬地向柳毅行礼说:"不知贵客敲我家龙君的门有何贵干?"柳毅还礼说:"我有一件十分要紧的事情,要当面向洞庭龙王禀报①。"巡潮将军就在前面带路,分开波浪,领着柳毅来到洞庭湖底的龙宫。

那座龙宫用青玉和水晶砌成,四周种满了奇花异树,柳毅好奇地到处观看,不得不惊叹龙宫的雄伟与豪华。洞庭龙王在青木茶座上接见柳毅,请他喝了上好的青螺茶。然后客气地问道:"先生远道而来,不知有什么事情?"柳毅说:"前些时日,我从外地回家时路过泾阳,偶然遇见大王的女儿在暴风雪中放牧羊群,十分可怜。我见了于心不忍,细问之后才知道她遭到丈夫的虐待,公婆又不讲理,罚她去受罪。她请求我带一封信来给您。我也是在她的指引下才来到了这里。"说完,取出书信呈上。

洞庭龙王看了书信,伤心地用衣袖掩着面哭泣,说道:"这都是我的过错,当初没听大家的劝告,竟把女儿送到虎口里去受苦。感谢先生送来书信。"说着,把信交给身旁的仆人传进后宫去,随即就听到里面传出许多妇人的哭泣之声。哭声越来越大。龙王吃惊地对旁边的人说:"赶快进去和娘娘说,不要让她们哭出声来,免得让钱塘君知道。"

柳毅听得有些糊涂了,不知道是怎么回事,就问道:"钱塘君是谁?"龙王说:"是我弟弟,曾经在钱塘任职,如今已经辞官归隐啦。"柳毅仍旧不明白:"为何怕他知道?"龙王说:"我那弟弟为人正直,性情暴躁。我怕他知道了会发脾气去闹事,可能会连累那一方百姓……"话还没说完,就听到天崩地裂般的一声巨响,宫殿的墙壁都震得直摇晃。接着就看见一条赤龙平地腾空而起,与此同时,千万道霹雳②闪电缠绕在它身旁,阵阵雪花夹杂着大大小小的冰雹③纷纷直落。那声巨响震得柳毅耳中嗡嗡发响,好一阵都听不清声音。柳毅吓得直往后退,龙王扶住他,说:"先生不要害怕,这一定是钱塘君知道了这件事情,赶去救人了。"柳毅颤抖着说:"我还是赶紧走吧。他去的

---

① 禀报,读音 bǐngbào,意思是指向上级或长辈报告。
② 霹雳,读音 pīlì,又急又响的雷,是云与地面之间发生的强烈雷电现象。
③ 冰雹,读音 bīngbáo,指空中降下的冰块。

时候这般声势,回来的时候,还不得把我吓死!"龙王安慰他说:"不用怕。他去的时候心中有怒气,所以动静很大。回来的时候就不这样了。您且请坐。"说着命人摆酒。

酒还没喝完呢,就听见空中传来和悦的音乐声,门外吹进来阵阵温暖的风,风中的彩云像花朵一样,彩云上站着一群仙女,将龙女簇拥在中间。龙女见了父亲,又是欢喜又是悲伤,眼泪忍不住一滴滴落在地上。她朝柳毅行了个礼,然后走进了后面的屋子。龙王请柳毅稍坐片刻,自己也跟着进去看望女儿。

过了一会儿,洞庭龙王重新出来,继续陪伴柳毅喝酒。他身后还跟随着一个人,身披紫色的长袍①,手拿一块青玉,相貌出众,精神饱满。龙王指着这人向柳毅介绍说:"这就是我弟弟钱塘君。"柳毅忙站起身来,向钱塘君行礼。钱塘君也赶紧还礼。

钱塘君陪着柳毅喝了几杯酒,说道:"我侄女不幸,受到泾阳那坏小子的欺辱。幸亏先生见义勇为,捎信救她。先生的大德,在下感激不尽!"柳毅谦让了一番。钱塘君又向哥哥讲述了处理事情的经过:"今天辰时我从灵虚殿出发,已时到了泾阳,午时与他们展开激战,未时回到这里。我还到九重天上告知玉帝,得到了玉帝的允准。"龙王问道:"这一次战斗伤害了多少生灵?糟蹋了多少庄稼?"钱塘君回答:"六十万生灵,方圆八百里庄稼。"龙王又问:"那个坏小子怎么处置的?"钱塘君答:"被我吃掉了。"龙王皱了皱眉头说:"那坏小子实在可恶,该惩治他。可你办事也太急躁了些。以后可不要再这样任性了。"钱塘君答应说:"是。"

为了感激柳毅的恩情,当天晚上,龙王就请柳毅在凝光殿休息。第二天又在凝碧宫设宴招待柳毅。这次钱塘君喝得有些醉了,他的性格又直爽,就对柳毅说:"我那侄女可是洞庭龙王的爱女,相貌美丽,性情贤淑。先前不幸受到泾阳那坏小子的欺辱,幸亏得到先生的帮助,脱离苦海。我想把她嫁给先生,我们两家结为亲戚,不知先生意下如何?"柳毅忙拱手回答说:"钱塘君为人直爽,办事果决明快,我很佩服。只是此刻谈论婚事恐怕有些不妥。我

---

① 袍,读音 páo,指中式的长衣。

本意是为救令侄女解脱苦难而来,但如果因此娶了她,人们也许会认为我是为了娶龙女而冤枉她的丈夫。这名声可不好听,因此,我不敢从命。"钱塘君见柳毅说得有道理,也就不再勉强。这天晚上,钱塘君又单独设宴款待柳毅,他们彼此谈得十分投机,成了知心朋友。

柳毅在水晶宫住了一段时间后,十分思念故乡,就决定告辞回家。洞庭龙王拿出碧玉箱来做谢礼,钱塘君也拿出琥珀箱做谢礼。这些箱内装的都是世间罕见的宝物。柳毅辞谢了一番,最后只好接受了礼物。洞庭夫人又特别设宴招待柳毅,让女儿出来向恩人致谢。洞庭夫人说:"你救了我女儿,我们都还没有报答你的大恩呢。本想请你多住些日子,你又急着要回去。这次分别,不知道日后还能见面吗?"女儿坐在旁边也是恋恋不舍的样子。洞庭夫人这话勾起了柳毅的心思。前几天,钱塘君议婚时,柳毅虽然推辞掉了,但他对龙女是有好感的。再看看龙女,龙女似乎对自己也有些感情。此时,柳毅心中思绪万千。

柳毅离开龙宫，沿来路返回到岸边，身后有十多人挑着担子送他。挑担的人们把担子送到柳毅家，放下担子就走。这些人出了柳毅的家门，就立即不见了。柳毅从洞庭龙王送他的碧玉箱中，随便拿出一件物品去卖钱，店里就给了他好几万两金银。从此，柳毅家中变得富裕起来。前来为柳毅说亲的媒人也多了起来，可是提了好几处亲，柳毅都没有答应。

后来，柳毅还是结婚了。他娶了一位渔家女子。那位女子的样貌跟龙女有些相似，所以他一看到就很喜欢。过了一年，妻子生了一个男孩。小男孩一哭，额头上就冒出了小小的龙角，虽然外面晴空万里，可是屋子里却会下雨。小男孩一笑，屋顶上就会出现彩虹。柳毅因此认出了妻子就是龙女。妻子说："我感谢你的大恩，誓死要报答。不想我叔叔议婚，你竟拒绝了。此后，我们天各一方。父母还想把我嫁给贵公子，我没答应。后来听说有人给你说亲，你也没应，这才有了报答的机会。"柳毅说："说真心话，我结婚时就看到你有些像龙女，怕你犯疑，没敢对你说。没想到你真的就是龙女！可你为什么不早说？"龙女也故意反问："既然你真心想念我，叔叔提婚的时候，你怎么拒绝了？"柳毅说："我当时替你送信，实在是出于义愤，一点儿没往别处想。叔叔议婚，我觉得于理不当，所以没应。但实际上，我的心中已经喜欢你了。后来有人屡次提亲没有答应，也是这个原因。"夫妻二人回忆起初次见面的情形，感情更加深厚了。

后来，龙女想要回娘家去看看，请求丈夫一同回去。柳毅同意了，于是选个良辰吉日，夫妇二人一起来到龙宫。洞庭龙王见了很高兴，以翁婿之礼接待柳毅。柳毅对岳父说了洞庭湖一带人民的生活情形。洞庭龙王听了，很是关心，柳毅请求洞庭龙王对这一带人民予以照顾。洞庭龙王一一答应。从此，洞庭湖一带风调雨顺，粮食丰收。人们都说，这可是柳毅的功劳呢。

天师钟馗[①]

相传,唐朝时期,在终南山下住着一个秀才,人称"钟学究"。钟学究虽然终日勤学苦读,可惜仕途不顺,一直考到五十多岁还没有考上举人,一辈子也没有取得什么功名。不过他的妻子却因为梦见天上的魁星[②]下凡,而后就给他生下了一个儿子。钟学究十分疼爱儿子,并根据魁星的读音给儿子起名叫钟馗。取这个名字的寓意当然是把毕生的希望都寄托在儿子的身上,希望他将来能够考中状元,光宗耀祖。

可是几年之后,钟学究和妻子就先后去世了,只留下钟馗和他的妹妹媚儿相依为命。兄妹俩无依无靠,过着非常穷苦的日子。然而钟馗虽然家境困难,但是志气很高,从小就刻苦学习,学得了一肚子文才武略。他满心希望自己将来能够干一番大事业。

数年之后,钟馗已经长成大人。这时的他,早已经轻而易举地考上了举人。这年钟馗准备进京参加殿试,可是他的家里一贫如洗,根本没有盘缠,这可怎么办呢?眼看考期就要到了,幸好同乡杜平好心帮助,给了钟馗二十两银子。钟馗非常感激,拿了盘缠就立即赶考去了。

由于赶路太急,再加上天气炎热,钟馗在半路上生了病。他生怕耽误了考期,不敢停下来休息,仍旧带病继续赶路。一个月黑风高的晚上,他路过一座破庙,就在庙里住下过夜。睡到了半夜的时候,庙里来了一群野鬼。野

---

① 钟馗,读音 zhōngkuí,中国民间传说中能捉鬼驱邪的神。
② 魁星,读音 kuíxīng,中国古代星宿名称,指北斗七星中的第一颗星,是中国古代神话中所说的主宰文章兴衰的神。

176

鬼们看他器宇不凡，文才武略，很是嫉妒，就围着他一顿乱打，把他打得人不人鬼不鬼的。钟馗睡得昏昏沉沉的，自己都不知道发生了什么事情，只感觉到浑身剧烈的疼痛，还以为是病情加重了，但是他还是硬撑着，天一亮就爬起来赶路。

钟馗毕竟是天上的魁星下凡，即便生病，他的文章也依旧写得极好，最终名列榜首，中了状元。可等到皇上召见的时候，却发现钟馗相貌丑陋，皇上就不肯点他为状元。主考官和大臣们一再禀奏皇上，为他争取。可是，皇上却坚决不肯改变主意。

钟馗是个急性子，他万万没有想到，自己会因为相貌丑陋而与功名无缘。他见皇上因为自己长得难看就不肯点他为状元，气得连声叫屈。一怒之下，他一头撞向旁边的大柱子，顿时鲜血直流，丧了性命。

钟馗撞死后，他的冤魂带着满腔的怒气，飘飘荡荡地来到了阴曹地府。一进阎罗殿，他就指着阎王的鼻子破口大骂："好你个阎王，你本应公正无私，为什么却纵容恶鬼来毁我的容貌，害我丢了功名，没脸见我那可怜的妹妹和帮助我的杜平。人间的皇帝是个昏君，你怎么也这么昏庸？"一边说话，一边顺手抄起殿前的一根金光闪烁的狼牙木棒，胡乱挥舞起来。这可不得了，这根木棒乃是玉皇大帝赐给阎罗殿的镇殿宝物，一旦把它拿在手中，一切阴间的大鬼小鬼，就连阎王都不敢靠近。钟馗拿着这个镇殿宝物，在阎罗殿上挥舞，吓得大鬼小鬼到处乱跑，阎王也急忙躲藏起来。

混乱之中，只听见"当——"的一声巨响，震耳欲聋。原来是狼牙棒撞到了通天钟！这下子，惊动了天上的玉皇大帝。玉皇大帝询问太白金星，太白金星也不清楚情况，就传话让阎王上天禀报情况。阎王见到玉皇大帝后，把钟馗的事情从头到尾说了一遍。玉皇大帝听完之后说："这个钟馗，乃是人间奇才。如今他怀才不遇，触柱身亡，自然是极为悲愤怨恨的，因此才骚扰了阴曹地府，也算是情有可原。不如封他为驱邪斩魔将军，统领鬼卒三千，专门管理人间妖魔鬼怪。"

阎王领了圣旨，马不停蹄地赶回到阴曹地府，把钟馗叫到跟前，传达了玉皇大帝的旨意。钟馗听说让他负责管理人间的妖怪，倒也可以为人间消灾难，便接了圣旨。阎王收回了镇殿宝物，并送给了钟馗一把青锋斩妖剑和一个专门用来收服妖魔鬼怪的宝葫芦。又让钟馗去大唐天子那里讨封，以便在阳间驱鬼。钟馗就按照阎王的指引在长安城的西北角找到皇宫。他见宫门口有一些小鬼拦路，就将其驱走。进宫之后又发现有恶鬼正在威逼唐皇，便上前赶走恶鬼。皇帝封钟馗为"驱魔大神"。此后，钟馗四处斩妖除魔，立下大功，被玉皇大帝封为"驱魔神君"。

阎王为钟馗大摆宴席,庆祝他荣升驱魔神君。席间歌舞升平,十分热闹。谁知道,钟馗却触景生情,情不自禁地流下了眼泪。阎王连忙问他为何伤心。钟馗回答道:"微臣在世的时候,与妹妹媚儿相依为命。她年纪轻,还不曾婚配。因此一想到我的妹妹一个人在人间孤苦伶仃,我就十分挂念。"阎王问:"你妹妹她有心上人吗?"钟馗说:"有。是和媚儿青梅竹马的朋友杜平。"

阎王看钟馗手足情深,就准许他率领众多鬼卒去人间了却这桩心愿。于是,钟馗就托梦给杜平和媚儿,讲了他来阴间的经历,并希望杜平和媚儿早日挑选个黄道吉日成亲,了却为兄的夙愿①。

到了妹妹媚儿成亲的那一天,钟馗挑选了数十名鬼卒,把他们恢复成人形,来给妹妹"送亲"。媚儿恍恍惚惚中,感觉自己坐上了花轿,哥哥钟馗骑着高头大马在前面引路,送亲的队伍也是欢天喜地、有说有笑、热闹非常。到了东方鱼肚白的时候,只见杜平的迎亲队伍迎面而来。钟馗这才依依不舍地将妹妹交给杜平,然后带着众多鬼卒离去了。

钟馗嫁了妹妹,从此了却了一桩心愿,报答了一段恩情,对人间家事再也没有了牵挂,便安心地去当捉鬼降魔的大将军了。

---

① 夙愿,读音 sùyuàn,指一向心怀的愿望,久存心中的希望。

中国神话传说故事

梁山伯与祝英台

  古时候,有一个姓祝的地主,人称祝员外。祝员外的女儿祝英台,既漂亮又聪明。她平日里不仅女工活样样做得好,还特别喜欢读书写字。她长到十五六岁的时候,就一心想到学堂里去读书。可是,那个时代的女孩子是不允许到学堂读书的。祝英台每天倚在窗前,看着大街上身背书箱来来往往的读书人,心里羡慕极了。她冥思苦想①和丫鬟商量出一个好主意,就是假扮成男子的模样去求学。

  这天,祝员外正在厅堂里喝茶,忽然看见一位公子带着一个书童进来向他行礼,他慌忙站起身来答礼让座,还请问公子尊姓大名。祝英台一看,自己的这身打扮连父亲也瞒过了,别提多高兴。她于是卸了装扮让父亲看清。父亲大为惊讶,责怪女儿调皮捣蛋没有规矩。祝英台趁机向父亲说了想去学堂求学的想法。父亲说:"自古以来哪有女子外出求学的?即使是假扮成男子,也有许多不方便。"可是祝英台坚决要去,父亲拗②不过她,只好同意了。于是祝英台就假扮成男子模样,又让丫鬟扮作书童挑着书箱,高高兴兴地离家求学去了。

  她们走了一程,觉着热了,就来到路边的一个小亭子里休息。这时,有一个书生带着个书童,也到亭子里来歇脚。祝英台起身行礼问候,得知这位书生名叫梁山伯,也是到学馆求学的。二人在亭子里聊了一阵,谈得十分投机,就此结拜为兄弟。梁山伯比祝英台大两岁,于是祝英台称梁山伯为兄,

---

 ① 冥思苦想,读音 míngsīkǔxiǎng,意思是绞尽脑汁,深入地思索。
 ② 拗,读音 niù,拗不过指无法改变别人的意见。

梁山伯称祝英台为弟,然后结伴一同上路了。

祝英台和梁山伯来到学堂,拜见了老师。老师安排他们俩坐在同一张课桌。梁山伯对待祝英台像对自己的亲弟弟一样关爱。两个人从早到晚形影不离,成了最要好的朋友。

到了晚间,祝英台和梁山伯被安排在同一个房间里居住。祝英台为了不让梁山伯发现自己是女的,就把两个书箱隔在两个人的床位中间,在书箱上还放上满满一盆水。她告诉梁山伯睡觉的时候要老实,如果乱滚乱动,把盆里的水弄洒了,她就要告诉老师,重重地惩罚他。梁山伯也很听祝英台的话,睡觉的时候从不乱动,所以一直也没有发现祝英台是个女孩子。

一晃三年时间过去了。这天,祝英台接到家信,说她的父亲生病,要她赶紧回去。祝英台向老师请了假。她还找了个机会向师娘讲述了自己对梁山伯的情谊,告诉师娘说她已经深深地爱上了梁山伯,并且把一个玉扇坠儿交给师娘,拜托师娘为她做媒,向梁山伯提亲。

临行前,梁山伯一定要亲自为她送行。两人一路上相依相随,走出了很远还是舍不得分手。祝英台想要向梁山伯表露自己的爱情,可是碍于情面又不便直说,只好打着许多比方来启发梁山伯。只可惜老实厚道的梁山伯压根儿没有听懂她的意思。祝英台又唱了好几首比喻男女爱情的歌,梁山伯还是没有明白。祝英台只好开玩笑说:"你真是一只呆头鹅!"然后又问他:"我有一个双胞胎妹妹,和我长得一模一样,我愿做媒,让我妹妹嫁给你,你愿意吗?"梁山伯本来就爱慕祝英台的才华,一听说她还有个妹妹,自然就高兴地答应了。

他们相送了十八里,一直送到江边,二人约定好在七月七日梁山伯到祝家提亲,然后就依依不舍地分别了。

祝英台一路紧赶慢赶回到家里,可是父亲的病早就好了。他让祝英台换回女子的装束,不允许她再外出读书。这时恰巧有一家姓马的大财主来求亲,父亲就决定把祝英台许配给马家的儿子。祝英台坚决不答应这门亲事,她对父亲说她已经爱上了梁山伯,并且托了师娘做媒。可是父亲反对说:"从来儿女的婚姻都是由父母做主的,女孩子自己在外面找男人,像什么话?"硬要祝英台嫁给马家。

梁山伯自从送别了祝英台后,就回到学馆继续用心读书,竟把七月七日要去祝家提亲的事情忘得一干二净。直到师娘拿着玉扇坠儿来告诉他祝英台的托付,他才恍然大悟,知道了祝英台原来是个女儿身,而她所说的妹妹其实就是她自己啊!梁山伯立刻向老师请了假,赶到祝家去见祝英台。

梁山伯来到祝家,见到了女子打扮的祝英台。他说出师娘为他们提亲的事,哪知祝英台却伤心地大哭起来,她说:"梁兄啊,你为什么这么晚才来呀?我父亲已经强行把我许配给了马家!"梁山伯一听,心都碎了。两个人抱头痛哭起来,他们互相发誓要永远在一起,无论是谁也无法把他们分开。祝员外远远地听见了哭声,怒气冲冲地跑上楼来,把梁山伯赶出家门,并将祝英台严加看管起来。

梁山伯回到家里,伤心极了。他想念祝英台,忧思成病,而且越来越重,不久就病死了。临死之前,他告诉家里的人,要把他埋在从祝家通往马家去的路边。

迎亲的日子到了,马家的人抬着花轿来到祝家门口,吹吹打打好不热闹。可是祝英台却哭哭啼啼不愿意上轿。在她父亲的命令之下,许多人推推拉拉,才把她推进轿子抬走了。

花轿抬到半路,忽然刮起一阵大风,吹得抬轿的人走都走不动。这时丫鬟告诉祝英台,前面就是梁山伯的坟墓。祝英台不顾别人的阻拦,走出轿子,一定要去梁山伯的墓前拜祭。

祝英台在梁山伯的墓前放声大哭,痛不欲生,全身扑到坟上。霎时间,电闪雷鸣,风雨大作,坟墓竟裂开了一条大缝,祝英台喊着梁山伯的名字,从裂缝处跳进了坟里。

过了一会儿,风雨停了,云也散开了,天空出现了一道彩虹。这时一对美丽的蝴蝶从坟头上飞起来,绕着坟墓翩翩起舞。人们都说,这对蝴蝶就是梁山伯和祝英台变的。他们终于可以幸福地在一起了。

白蛇传说

吕洞宾卖汤团

有一年的阳春三月,西湖边正是春光明媚,风景如画的时候,来来往往的游人络绎不绝。八仙之一的吕洞宾也变化成一个满头白发的卖汤团的老头儿,挑着一副担子,到西湖边来凑热闹。

他在断桥旁边的一棵大柳树底下找了块空地,摆起摊子开始卖汤团。等锅里的水烧开了,汤团一个个漂浮起来,他就拉开嗓门大声吆喝:"吃汤团咯,吃汤团咯!大汤团一个铜钱买三个;小汤团三个铜钱买一个!"

人们听到吕洞宾的叫卖声都笑了,有人好心提醒他说:"老头儿呀,你喊错啦!快把两种汤团的价格换一换吧!"吕洞宾也不理会,继续叫卖:"吃汤团咯,吃汤团咯!大汤团一个铜钱买三个;小汤团三个铜钱买一个!"围在锅边的人们一边笑他一边掏钱买他的大汤团吃。一小会儿工夫,锅里的大汤团就全部卖完了。

这时,人群里挤进来一个五十来岁的老人,怀里抱着个小孩子。小孩子看见别人在吃汤团,就吵着也要吃。但是大汤团都卖光了,那人就只好掏出三个铜钱来买了个小汤团。吕洞宾接过钱,先在碗里舀了一勺热汤,再舀上一个小汤团。他端着碗蹲下身来,用嘴唇朝碗里吹了口气,那小汤团就在碗里顺着碗边咕噜噜地滚转起来。小孩高兴极了,舀起汤团正想吃,那汤团却一下子自己跳进了小孩的嘴巴,滑到肚子里去了。

这个小孩子自从吃了汤团以后,三日三夜吃不下东西。他的父亲着急得要命,就抱着小孩到断桥旁边的大柳树下去寻找那卖汤团的人。吕洞宾也不着急,只是哈哈一笑,把小孩子抱到断桥上,猛地抓住他的双脚倒拎起来,大喊一声:"出来!"那个三天前吞进去的小汤团竟然原模原样地从他小嘴巴里吐出来,滚落到断桥下的西湖水里去了。

当时在断桥的下面恰巧有一条白蛇在修炼。这条白蛇已经修炼了五百多年,有了灵性,她常常伸出头来看看人间的景象,见西湖边上风和日丽,游人如梭,男女老少三五成群地在湖边欣赏着风景,湖中还有不少游人在划船、戏水,欢歌笑语声此起彼伏。白蛇眼看着这繁华的人间景象,心中十分羡慕。这天,她又从湖底探出头来观看,正巧看见那个小汤团从断桥上滚落下来,便张开嘴接住,咕嘟一下吞进了肚子里。

西湖相遇

这天一大早,断桥下的湖里就冒起了一股白烟,烟雾中走出来一个身穿白衣轻纱的女子。原来那个小汤团是一颗仙丹,白蛇吃下之后就立刻增添了五百年的修行,再加上自己先前的修为,它一下子就有了千年的修行,终于可以变化成人啦。她给自己起了个名字,叫白素贞。

王母娘娘生日那天,各路神仙都去参加蟠桃会给王母祝寿,白素贞也上天去赴会。半路上,她遇见了南极仙翁,忙上前请教说:"请仙翁指点,帮我找到多年前断桥上的那个小孩,是他吐出的汤团助我修炼成人形,我想要报答他的恩情。"南极仙翁笑了笑,回答道:"你现在下去,到西湖边寻找,那个最高又最矮的人就是他。"说完便笑呵呵地驾着云走了。

白素贞离开天庭,回到了西湖边。她在映波桥附近看见有个人手里拎着一条小青蛇在那儿叫卖。那小青蛇见了白素贞就不停地摇晃着脑袋,用力挣扎,眼睛里还流出了泪水。白素贞觉得它可怜就把它买了带到湖边放进水里。湖上忽然冒起一阵青烟,从青烟里走出一个青衣女子,白素贞就叫她小青,并把她留在身边做伴。

  这天正逢清明节,天气晴朗,断桥附近的游人比平日里更多。白素贞和小青在人群中来回穿梭,四处寻找那个最高又最矮的人。小青东看看、西瞧瞧,忽然高兴地叫起来:"姐姐,你看!我找到那个人啦!"小青朝一棵大柳树上指了指,只见那棵柳树枝丫上坐着个年轻书生,正在聚精会神地看戏呢。白素贞看了看那个书生,说:"他个子不高呀!"小青回答说:"他坐在高高的树上,往来的行人都从他胯①下走过,这不是最高的人吗?他的人影落在地上,往来的行人又都从他头顶上踏过,这不是最矮的人吗?""对呀,对呀,一定是他!"白素贞心里暗暗地说。

  白素贞见那书生长得眉目清秀,一副老实厚道的样子,不觉又惊又喜。只是怎么把他叫下来呢?小青想个办法,叫白素贞暗地里做个法术。一会儿,天上乌云密布,雷声隆隆,大滴的雨点随后就落了下来。马戏班子只得匆忙收场,围观的人群自然也就散了。书生从大柳树上爬下来,一路小跑到西湖边,叫了一只小船,让船老大划去清波门。

---

① 胯,读音 kuà,指腰和大腿之间的部分。

小船刚要离岸,白素贞就在岸上喊:"船公稍等,让我们搭个便船吧!"书生从船舱里探出头来一看,是两个姑娘在岸上叫唤,浑身都已经被雨淋湿了,就叫船老大让她们上船。

她俩上了船,忙向书生道谢。小青趁机问书生叫什么名字。书生说:"我姓许,因为小时候在断桥上遇见过神仙,所以父亲就给我取名叫许仙。现寄住在姐姐的家里,就在清波门附近。"小青听了,拍着巴掌笑道:"这可巧了!我姐姐和你一样,也是个无依无靠,到处飘零的人!这样说来,你们两人倒是天生一对啊!"说得许仙和白素贞都红了脸,低着头,不好意思了。

白素贞和许仙自从在西湖小船上认识之后就相互有了好感。从此之后,他们三个人常常见面,白素贞和许仙的感情也越来越好。没过多久,他们就结为夫妻。

开药铺行医

许仙和白素贞既然成了家,就搬离了姐姐家。他们从杭州来到了镇江,自立门户,并在街面上开了一家"保和堂"药店行医济世。夫妻俩的日子过得恩恩爱爱、甜甜蜜蜜。

谁知他们才刚安顿下来没多久,镇江城里就闹起了瘟疫。得了瘟疫的人一个个都浑身溃烂,疼痛难忍。而且这个病还会相互传染,没过多久,镇江城里患病的人数就越来越多。

一天,许仙愁眉苦脸地对白素贞说:"这瘟疫越来越严重,但是我们店里的草药已经所剩不多了,现在药材也买不到,这可怎么办呢?"白素贞想了想说:"草药我倒是认识,既然买不到药材,不如从明天开始我到山上采药去,店里有了药材才能够解救百姓。"许仙担心上山采药有危险,实在不愿意让白素贞去,可是想来想去也没有别的办法,只好说:"上山采药十分危险,而且山上野兽很多,你可要当心啊!"白素贞点了点头。第二天一大早,白素贞就背着药篓子出门去了。镇江城外有一座高山叫百草山,山上长满了各种各样的草药。白素贞驾云飞到百草山上,很快就采满了一背篓的草药。

从这天起,保和堂里的药材又多了起来,什么龙胆草、金银花、杜仲、黄

柏,堆得像小山一样。许仙夫妇又在店门口摆了一口大缸,泡了满满一缸草药,免费给病人喝,很多看不起病的穷人因此得到了救治,挽回了生命。

俗话说,"好事传千里"。保和堂治病救人还免费施药的事迹很快就在镇江传开了,大家都称赞许仙夫妇菩萨心肠,白素贞也因此得了一个称号,叫作"白娘子"。

白蛇现原形

转眼就到了端午节。按照传统的习俗,端午节这天家家户户都要在门上插艾草,无论男女老少,每个人都要喝点雄黄酒,据说这样做可以驱赶蛇虫鼠蚁。白娘子和小青本就是白蛇和青蛇变化的,端午节对她们俩来说可不是什么好日子。小青因为修行不够,这天一大清早就赶紧找了个借口出门,跑到山里躲避去了,白娘子仗着自己有千年的修行,就没有走。

许仙当然不知道白娘子和小青都是蛇。到了吃午饭的时间,他亲自去厨房里烫了一壶老酒,并按照习俗在酒里加上雄黄,高高兴兴地端到楼上来请白娘子喝酒。白娘子再三推托说:"我怀了身孕,不能喝酒呢!"许仙听了哈哈大笑说:"这陈年的老酒有安神保胎的功效,你还应该多喝两杯呢!"

白娘子不知道酒里有雄黄,又害怕许仙起疑心,就硬着头皮喝了一口酒。哪知道这酒刚喝下去,白娘子就立刻觉得头疼脑涨,浑身瘫软,只好爬到床上,和衣躺下。许仙见白娘子喝了酒之后身体不适,心里很着急。他本想过去关心一番,可等他走到床前,掀起帐子一看,床上卧着的竟然是一条巨大的白蛇,吓得他大叫一声:"啊呀!"向后一仰,就一头栽倒在地上。

小青躲在深山里,心里却挂念着白娘子。午时一过她就急忙赶回家里。她上楼一看,天哪!许仙死在了床前,白娘子却还没醒呢!小青急忙把白娘子唤醒。白娘子见许仙被自己吓死了,伤心欲绝,失声痛哭起来:"都怪我不小心现了原形,竟然把官人吓死啦!"哭了一阵之后她才反应过来,赶紧用手摸了摸许仙心口,还有一丝儿热气,于是对小青说:"凡间的药草是无力回天了,如今要救回官人就只有到昆仑山去盗仙草!只是不知道能不能顺利盗得仙草回来。拜托妹妹帮我照顾官人的肉身七天,如果七天之后我还没回来,恐怕就死在那里了,官人也就没救了……"说着眼泪簌簌①地往下流。小青说:"姐姐,你放心好了,我一定等你回来。"

盗仙草

白娘子赶紧驾起一朵白云,飞出窗户,向昆仑山赶去。片刻工夫,她就飞到了昆仑山顶上。昆仑山是一座仙山,整座山上都长满了仙树和仙草。在山顶上,有几棵绛紫②色的灵芝仙草,能够让人起死回生。此时白鹤仙子和鹿童仙子正看守在仙草旁。白娘子只得化作一条小蛇,躲藏在草丛里静待时机。

白鹤仙子和鹿童仙子巡视了几圈之后,觉得没有什么异常情况,就转回仙洞去休息了。白娘子一看,机会来了,就朝着灵芝草的方向游荡过去,悄悄采了一棵衔③在嘴里,正要走,却被白鹤仙子发现了。白鹤仙子哪里肯放她走?便展开大翅膀,伸出长喙④就要啄白娘子。这时,忽然从后面伸来一根弯头拐杖,把白鹤的长颈钩住了。白娘子转过身来一看,眼前站着一个胡须花白的老人,原来是南极仙翁。

南极仙翁问她为何要盗取仙草。白娘子两眼泪哗哗地把事情的经过如实地向南极仙翁禀报。南极仙翁十分同情她,就答应送给她一株灵芝仙草去救许仙。白娘子谢过南极仙翁,衔着灵芝仙草,匆匆驾云赶回家中。

这时,许仙只剩下一丝微弱的气息了,小青因担心姐姐的安危,正坐在许仙身旁哭泣。白娘子到家后连忙把灵芝仙草熬成药汁,灌进许仙嘴里。过了一会儿,许仙就复活过来了。

许仙睁开眼看了看白娘子,心里好害怕,一转身就跑下楼去躲在账房里。整整三天三夜,许仙都不敢踏上楼梯一步。白娘子问他为什么,他就支支吾吾地说看见了一条蛇。白娘子听了,皱皱眉头,说:"大白天的怎么会有

---

① 簌簌,读音 sùsù,形容流泪的样子。
② 绛紫,读音 jiàngzǐ,紫中略带红的颜色。
③ 衔,读音 xián,指用嘴含着或是用嘴叼着。
④ 喙,读音 huì,多指鸟类的嘴或形容像鸟类嘴一样尖锐的东西。

蛇呢？必定是你眼花看错啦。"小青插嘴道："相公没有看错，我也看见的。那天，我出门看龙舟回来，听见相公在喊叫，等我奔上楼去，相公已经昏倒在地上了。我看见一条白闪闪的东西，又像蛇又像是龙，从床上窜出来，飞出窗外就不见了。"白娘子也笑着说："哦，原来是这样呀！既然是苍龙现形，那正好说明我家必定生意兴隆、人丁兴旺。可惜我那个时辰睡觉了，要不然一定要点上香烛拜拜它呢！"许仙听她们讲得认真，想想也对，才打消了心里的疑虑。

许仙被困金山寺

在西天有一只乌龟，经常躲在如来佛祖的莲花座底下听佛祖讲经。它听的经文多了，也日渐积累了一些修为。有一天，小乌龟趁着如来佛休息的间歇偷走了佛祖的三样宝贝：袈裟①、金钵②和青龙禅杖③，跑到凡间去了。乌龟在地面上翻了个筋斗，变成一个又黑又壮的和尚。他觉得自己神通广大、法力无边，就给自己取了个名字叫法海。

这天，法海和尚经过保和堂药店门前。他往里面一看，见许仙夫妻二人正忙着配方撮药④。他再仔细看看那个一身白衣、年轻貌美的媳妇。不好！这个女人不是凡人，而是白蛇变化的！法海在门外站立了片刻，乘白娘子上楼去的时候，就敲起木鱼，大模大样地走进店里来。他朝许仙合手行礼，说："恭祝施主生意兴旺，给我化个缘吧。"

许仙问他化的什么缘。法海说："七月十五日城外的金山寺要做盂兰盆⑤会，想请你结个善缘，到时候来金山寺里烧炷香，求菩萨保佑你多福多

---

① 袈裟，读音 jiāshā，指和尚披的法衣，由许多长方形布片拼接而成。
② 金钵，读音 jīnbō，用金子做成的碗或盆。
③ 禅杖，读音 chánzhàng，佛教指僧人所用的手杖。
④ 撮药，读音 cuōyào，指药铺按照中药处方配药。
⑤ 盂兰盆，读音 yúlánpén，每年农历七月十五日为"盂兰盆节""盂兰盆会"，也称"中元节"，有些地方俗称"鬼节"。依照佛家的说法，农历七月十五日这天，佛教徒举行"盂兰盆会"供奉佛祖和僧人，济度六道苦难，以及报谢父母长养慈爱之恩。普通人家，无论贫富都要备下酒菜、纸钱祭奠死去的人，以示对死去的先人的怀念。

寿,阖家①平安。"许仙听他讲得有理,想想妻子又怀着身孕,确实应该去寺庙里拜一拜,祈求佛祖保佑母子平安。于是就给了法海一串铜钱,在化缘簿上写下了名字。

日子过得好快,转眼七月十五日就到了。这一天,许仙独自一人来到金山寺。他刚刚跨进寺门,就被法海和尚一把拉到禅房里。法海和尚对许仙说:"施主来得正好,我今天如实告诉你:你的夫人她是个妖精!"许仙一听生气了:"我娘子好端端的一个人,怎么会是妖精!你不要乱说。"法海和尚假装慈悲地笑笑说:"这也难怪你不相信,施主你这是被妖气迷住了。那日在你家药店里老僧已经看出她是白蛇变化的!你别再回家去了,拜我做师父吧,我教你用佛法护身,就不怕她害你啦!"

许仙听了法海的话,想起先前看见巨蛇的事情,心里一惊,顿时有些害怕,可是转念一想:"娘子对我情深义重,就算她是白蛇,也必定不会害我;如今她还有了身孕,我怎能丢下她出家做和尚呢?"这样一想,他就无论如何也不肯出家。法海和尚见许仙不答应,不管三七二十一,就把他关了起来。

水漫金山寺

白娘子见许仙迟迟未归,在家里左等右等也等不见他的踪影,心中着急,便和小青划着船,到金山寺去寻找。

法海和尚见了白娘子,嘿嘿一笑,说道:"大胆妖蛇,竟敢到人间作乱!许仙已经拜我做师父了,你就死了这条心,趁早回去修炼吧。如若再不回头,那就休怪老僧无情了!"白娘子按捺住心头的怒火,好言好语地央求法海说:"你我井水不犯河水,何必要苦苦相逼呢?况且我与许仙是真心相爱,如今我已经怀了身孕,求你看在孩子的面上放我官人回家吧!"

法海和尚哪里听得进去,他站在山顶上,昂首挺胸,摆出一副扬扬得意的样子,任凭白娘子好说歹说,就是不肯放出许仙。他还要白娘子给他跪地求饶,要求她跪在地上一路磕头到金山寺里才肯罢休②。

---

① 阖家,读音 héjiā,全家的意思。
② 罢休,读音 bàxiū,指了结纠纷,不再使事态持续下去。

小青气得眼冒金星,上前大骂道:"你这和尚放着经书不念,何必非要拆散人家夫妻,真是狗拿耗子——多管闲事!"法海听了气急败坏,露出了真面目。他举起青龙禅杖,就向白娘子打来。白娘子只得迎上去挡驾,小青也来助战。青龙禅杖法力无穷,白娘子有孕在身,渐渐支持不住,败下阵来。

她们退到金山寺外,白娘子一怒之下从头上拔下一根金钗,在空中迎风一晃,变成一面小令旗,旗上绣着水纹波浪。小青接过令旗,高举着摇了三下。顷刻间,滔天的大水滚滚而来,虾兵蟹将成群结队地一齐涌上金山寺。

大水漫到金山寺门前,法海和尚着了慌,连忙脱下身上的袈裟,往寺门外一扔。袈裟落地变成了一座长堤,把滔天的大水挡在堤外。白娘子继续做法加大水势,可是水涨多高,长堤就跟着长多高,任凭白娘子引来多少大水,都无法漫过长堤去。白娘子见胜不了法海和尚,只得叫着小青一起撤离。她们又回到西湖去修炼,等待机会报仇。

断桥重逢

许仙被关在金山寺里,无论如何也不肯剃光头发当和尚。关了半个多月之后,他终于找着个机会逃了出去。他回到保和堂药店,见屋内空荡荡的,白娘子和小青都不在了,便伤心地流下了眼泪。他担心法海和尚再来找麻烦,就关了店门,悄悄离开镇江,返回杭州去投奔姐姐家。

一个晴朗的夏日,许仙又独自来到断桥边。湖面上波光粼粼①,荷花开得正艳,一只只游船在湖中穿梭不停。许仙站在桥头上,看着船上一对对幸福快乐的男男女女,忍不住又想起自己的妻子,泪水挂满了脸庞。他默默地念叨着:"娘子呀,你到哪里去了?"这时候,正巧有一条小船朝着断桥这边缓缓地驶来,船上坐着两个年轻美貌的女子,正是白娘子和小青。

小青一眼就看见了站在桥头的许仙,欢快地叫道:"姐姐,你看那是谁?"几乎是同时,许仙也看见了船上的白娘子和小青。他又惊又喜,大声喊道:"娘子靠船。"小青扶着白娘子上了岸,夫妻俩又在断桥相会了。两个人聊起

---

① 波光粼粼,读音 bōguānglínlín,波光:指阳光或月光照在水波上反射过来的光;粼粼:形容水石明净。波光粼粼:意思是形容水波被阳光照射到的样子。

离别后的情形和对彼此的思念,真是悲喜交加,不禁流下了眼泪。

　　白娘子用略带责备的口气对许仙说:"官人哪!那日你到金山寺去,我叮嘱你快去快回,千万不要见法海和尚。可是你却听那个老和尚嚼舌根①,一去不复返,连累我们主仆二人跟他一场恶斗,全不念为妻肚子里还怀着你许家的骨肉!幸亏我们二人逃得快,不然恐怕性命也难保了!"许仙低着头,面带羞愧地说:"都怪我不听娘子的话,才被法海和尚强行留住,引起这场争斗,伤害了无数生灵,也连累了娘子和小青妹妹,真是罪该万死。"白娘子又说:"那法海和尚说你不再贪恋红尘,情愿出家为僧,你如果真想遁入空门②,也应该和为妻说个明白呀!"白娘子说着,又流下了眼泪。

　　许仙听白娘子说到这儿,心里更加不安了,连忙解释道:"娘子待我一片深情,我许仙岂能不知?我也并非真心想当和尚。是那法海和尚强行将我关了起来,硬逼着我出家。我百般不答应,好不容易才找到个机会逃了出来。还望娘子宽恕!"

　　经过许仙的一番解释,白娘子终于破涕为笑,原谅了丈夫。于是三个人重新登上小船,划到钱塘门上岸,一同寄住到姐姐的家里。

结　局

　　日子过得真快,转眼到了元宵佳节,白娘子生下了一个白白胖胖的男孩,许仙乐得合不拢嘴。等孩子满月那天,许仙家里就大摆满月酒,由小青和许仙的姐姐忙着操持。白娘子清早起来,在房间里梳妆打扮,许仙在一旁看着妻子粉嫩嫩的脸蛋,黑黝黝③的长发,忽然想起来娘子今天要抱着孩子出去跟长辈和亲友们见面,可是她的头饰都丢在镇江没有带来……

　　这时,大门外的弄堂里忽然传来一阵阵货郎的叫卖声:"卖金凤冠咯,卖金凤冠咯!"许仙忙出门去看,果真是卖金凤冠,金灿灿的,十分耀眼。许仙

---

　　① 嚼舌根,读音 jiáoshégēn,比喻说是非,或者说废话。
　　② 遁入空门,读音 dùnrùkōngmén,遁:逃避、躲闪;空门:指佛教,因佛教认为世界是一切皆空的。遁入空门:指出家,避开尘世而入佛门。
　　③ 黑黝黝,读音 hēiyǒuyǒu,形容头发很好,黑得发亮。

越看越中意,便把它买了拿回房中,对白娘子说:"娘子,我给你买了一顶金凤冠,你戴上试试,看合适不合适。"

白娘子看看那金光闪亮的金凤冠,心里也很欢喜,就让许仙把它戴到自己刚梳好的头上去。不料这金凤冠一戴到头上,就脱不下来了。它越箍越紧,越箍越紧……白娘子一时只觉得头疼脑涨、眼冒金星,便倒在地上晕了过去。

原来那个卖金凤冠的货郎就是法海和尚变的。法海和尚见许仙气急败坏地跑出来,脸色都变青了,料想已经中了圈套,便大踏步闯入房中,朝白娘子头上吹口气,金凤冠就变成金钵。金钵发射出万道金光,把白娘子团团罩住。白娘子泪痕满面,在金光的照射下渐渐地变成了一条白蛇,被收进了金钵。法海和尚捉住了白蛇,把她带到了南屏山净慈寺。在净慈寺后面的雷峰顶上造了一座雷峰塔,把白蛇镇压在雷峰塔底下,自己也就在净慈寺里住了下来,看守白蛇。小青知道自己斗不过法海,无可奈何,只得又回到深山里继续修炼去了。

小青在深山里潜心修炼法术,也不知过了多少年,她觉得自己的本事练得差不多了,就赶回杭州来找法海和尚报仇。他们打了三天三夜,小青越战越猛,法海和尚累得气喘吁吁的。他们从净慈寺前一直打到雷峰塔下,这时小青挥起宝剑,只听轰隆隆一声巨响,雷峰塔倒塌了,白娘子从塔里跳出来,和小青一起联手对付法海和尚。法海和尚本来就已经支撑不住,现在又增加了一个白娘子,哪里还敌得过!只好且战且退,想找个机会逃走。他慌忙地退到西湖边,没想到脚下踩了个空,扑通一声跌进了西湖里。

他在湖里左顾右盼、四处张望,却找不到一个稳妥的地方躲藏。最后,他看见螃蟹的肚脐下有一条缝隙,便一头钻了进去。没想到螃蟹把肚脐一缩,从此法海和尚就被关在螃蟹肚子里,再也出不来了。据说,螃蟹以前原本是直着走路的,自从肚子里钻进了那横行霸道的法海和尚,就只好横着爬行了。直到今天,我们吃螃蟹的时候,揭开它的背壳,还能在里面找到这个秃头的和尚呢!

参考文献

[1]高有朋.中国民间文学史[M].开封:河南大学出版社,2001.

[2]顾颉刚.汉代学术史略[M].北京:东方出版社,1996.

[3]侯会.讲给孩子的中国文学经典[M].北京:三联书店,2017.

[4]翦伯赞.中国史刚要[M].北京:人民出版社,1983.

[5]金波.中国神话故事[M].北京:北京教育出版社,2016.

[6]柯玲.中国民俗文化[M].北京:北京大学出版社,2017.

[7]刘媛.中国神话与民间传说大全集[M].北京:中国华侨出版社,2011.

[8]陶阳,钟秀.中国神话[M].北京:商务印书馆,2008.

[9]王力.中国古代文化常识[M].北京:中国人民大学出版社,2016.

[10]王霁.中国传统文化[M].北京:清华大学出版社,2014.

[11]王顺洪.中国概况[M].4版.北京:北京大学出版社,2015.

[12]王艳东,郑永梅.走近中国文化[M].北京:清华大学出版社,2017.

[13]徐伟新.中国传统文化经典导读[M].北京:中共中央党校出版社,2017.

[14]许杭生,王守第.老子与道家[M].北京:中国书籍出版社,2015.

[15]杨敏,王克奇,王恒展.中国传统文化通览[M].北京:中国海洋大学出版社,2003.

[16]杨敏,王克奇,王恒展.中国文化通览[M].北京:高等教育出版社,2011.

[17]叶朗,朱良志.中国文化读本[M].北京:外语教学与研究出版社,2016.

[18] 袁珂. 中国神话传说[M]. 北京:世界图书出版社,2012.

[19] 袁珂. 中国古代神话[M]. 上海:华东师范大学出版社,2017.

[20] 袁行霈. 中国传统文化百部经典[M]. 北京:国家图书馆出版社,2017.

[21] 赵金铭. 汉语作为第二语言教学的文化概说[M]. 北京:北京大学出版社,2008.

[22] 张英,金舒年. 中国传统文化与现代生活[M]. 北京:北京大学出版社,2018.

[23] 中国民间文艺家协会. 中国传统故事百篇[M]. 北京:人民出版社,2015.

[24] 中国社会科学院文学研究所中国文学史编写组. 中国文学史[M]. 北京:人民文学出版社,1984.

[25] 中华思想文化术语编委会. 中国传统文化关键词[M]. 北京:外语教学与研究出版社,2019.

[26] 周先慎. 中国文学十五讲[M]. 北京:北京大学出版社,2014.